Il tritone proibito

ANIME GEMELLE MOSTRUOSE
LIBRO DUE

TAMSIN LEY

Twin Leaf Press

Copertina di Tamsin Ley
@ Edizione italiana: Tamsin Ley; 2025
@ Edizione originale: *The Merman's Quest*, di Tamsin Ley; 2017
Tutti i diritti riservati.
Versione tascabile
ISBN-13: 979-8-89548-022-9

Twin Leaf Press
PO Box 672255
Chugiak, AK 99567

descrizione del libro

Lei è venuta per inseguire un mito. Lui per togliere una vita. Nessuno dei due si aspettava di bramare il nemico.

Madison, biologa marina caduta in disgrazia, affronta da sola l'oceano spietato, determinata a dimostrare l'esistenza di una creatura leggendaria e a salvare la sua carriera in frantumi. Ma ciò che trova è pericoloso, antico... e più seducente della scienza.

Rubac è un tritone maledetto, condannato a morire a meno che non completi un rituale oscuro quanto il mare stesso — un rituale che richiede la vita di Madison. L'umana fragile è la sua ultima speranza di sopravvivenza. Ma la sua trappola mortale si trasforma presto in qualcosa di infinitamente più insidioso.

Le loro necessità sono inconciliabili: lei cerca la verità, lui è spinto dalla disperazione. E ogni momento rubato insieme li trascina più a fondo in un desiderio che nessuno dei due può controllare. Più si avvicinano, meno è chiaro chi sia il cacciatore... e chi la preda.

Lui avrebbe dovuto ucciderla.

Ma forse vale la pena morire per lei.

Introduzione

Il tritone proibito può essere letto come romanzo autoconclusivo, ma potresti apprezzarlo di più se prima leggi *Baciata dal tritone*.

Uno

Madison regolò di nuovo la messa a fuoco del binocolo, concentrandosi sulle onde spumeggianti che si infrangevano sulla barriera corallina mentre cercava di mantenersi in equilibrio sul ponte che oscillava. Seguiva un branco di delfini da quasi tre giorni, ma li aveva persi il giorno prima senza riuscire ad avvicinarsi abbastanza per confermare la sua scoperta: un ibrido selvatico nato dall'incrocio tra *Pseudorca crassidens* e *Tursiops truncatus*. Solo un singolo ibrido di questa specie era nato in cattività e nessuno aveva mai fornito la prova certa dell'esistenza di un esemplare in natura. Le servivano prove — fotografie, innanzitutto. Ma, cosa ancora più importante, le servivano campioni di tessuto. La prova del DNA sarebbe stata inconfutabile e una scoperta simile avrebbe contribuito a cancellare la macchia sulla sua carriera.

La piccola imbarcazione prese un'onda di traverso e lei corresse la rotta per affrontare il moto ondoso. Manovrare l'imbarcazione da sola e allo stesso tempo condurre le ricerche era complicato, ma dopo l'anno precedente, non aveva alcuna intenzione di fare di nuovo affidamento sull'aiuto di qualcun altro. *Vacca marina di Steller... un corno!* Estinta da oltre duecentocinquant'anni, tanto valeva credere che quella bestia fosse una sirena. E lei ci era cascata con tutte le scarpe, mettendo in gioco la sua intera reputazione per i «dati» forniti dai suoi laureandi. Ora era sola, a finanziare quel viaggio con i suoi risparmi nella speranza di salvare qualcosa della sua reputazione. *Gliela farò vedere a tutti.*

Controllò l'ecoscandaglio — novantotto piedi — poi inforcò gli occhiali da sole polarizzati per scrutare di nuovo l'orizzonte. Come avrebbe dovuto gestire più di una dozzina di assistenti di ricerca, verificare ogni singolo dato e rispettare le scadenze di pubblicazione dell'università per ottenere la cattedra? Quei dannati assistenti dissero che era stato solo uno scherzo sfuggito di mano, ma era stata lei a doverne subire le conseguenze. L'imbarazzo per il commento sferzante della rivista specializzata, il clamore mediatico che aveva «screditato» la sua scoperta: tutto ciò le aveva rovinato la carriera. Aveva perso il suo posto all'università e i fondi per la ricerca. Persino il suo fidanzato, con cui aveva una storia travagliata — un veterinario del centro di ricerca marina — non voleva più essere associato a lei.

Annotando le coordinate GPS, si diresse verso un'area più scura dove la volta di kelp quasi toccava la superficie. L'acqua verde schiaffeggiava lo scafo, sollevando nell'aria una fine nebbiolina salata. Lei amava il mare — il suo odore, il rollio del ponte, il morso dell'acqua fredda sulla pelle. Sebbene il sole le battesse sulla testa, il vento invernale rendeva sgradevole una nuotata, altrimenti si sarebbe spogliata per lavare via tre giorni di salsedine dalla pelle.

Dov'era il branco di delfini? Cercò le familiari forme scure, simili a proiettili, sotto le onde. Dovevano risalire in superficie a momenti. I suoi due preziosi dardi da biopsia erano pronti, se solo fosse riuscita ad avvicinarsi abbastanza. L'attrezzatura le era costata una parte significativa dei suoi risparmi, così come il noleggio della barca, e il contratto di noleggio era quasi scaduto.

Spense il motore, sperando che il branco si mostrasse. Quel particolare branco sembrava più schivo del solito, privo della tipica curiosità dei delfini per le imbarcazioni. Si teneva appena fuori dalla portata dei suoi dardi, come se sapesse esattamente a quale distanza doveva trovarsi.

Qualcosa sciabordò a poppa. Si voltò, il piccolo ponte che non richiedeva più di tre passi prima che le sue cosce urtassero il cofano del motore entrobordo, e scrutò l'acqua, luccicante alla luce del sole. Il riverbero rendeva difficile distinguere qualsiasi cosa si nascondesse sotto, anche attraverso le lenti polarizzate.

Di nuovo lo sciabordio, questa volta leggermente a dritta. Spostò l'attenzione giusto in tempo per vedere una pinna caudale verde brillante, grande quanto quella di un delfino, scivolare di nuovo sott'acqua. *Verde?*

I delfini avevano sfumature di blu, grigio, bianco o marrone. Mai verde. Che fosse ricoperta d'alghe? Forse era una carcassa che tornava a galla mentre si decomponeva. Eppure non si era mossa come un essere morto...

Ficcò una mano in tasca alla ricerca della macchina fotografica, tenendola pronta mentre scrutava in cerca di movimento. Aspettò dieci minuti. Venti. Niente.

Qualunque cosa fosse, non sembrava intenzionata a tornare.

Rubac si tuffò verso il fondale, lasciandosi alle spalle l'ombra della barca. L'eccitazione di aver scoperto un'umana sola fu presto sopraffatta dall'ansia per la missione. Il cuore gli martellava nel petto e i muscoli gli dolevano per la tensione. Sfiorò il bastoncino di madreperla che portava al collo, cercando di trarne forza. La visione profetica, avuta mentre riposava nell'incavo della pinna della grande balena, gli sembrava ora sbiadita.

Suo fratello aveva sempre riso delle sue riflessioni mistiche, della sua fede negli spiriti e delle sue premonizioni. Ma Rubac conosceva la verità dei suoi segni: sapeva cosa sentiva, cosa vedeva, cosa gli serviva. Aveva bisogno di quella femmina. Sarebbe stata la sua salvezza, la chiave per spezzare la schiavitù di un legame mai scelto — un legame ormai divenuto fatale, ora che la sua compagna era morta.

Allora perché esitava?

Si fermò tra due grandi gorgonie, usandole per ripararsi dalla corrente mentre pensava. L'abitudine radicata di rifuggire le femmine lo teneva ancorato al fondale. *Non è una sirena,* si ricordò. *Sei qui per prenderle la vita, non il contrario.*

All'inizio, quando aveva ricevuto la premonizione, credeva che la parte più difficile sarebbe stata trovare un'umana sola e vulnerabile. Invece, il giorno dopo, l'opportunità gli si era presentata da sola — la conferma che il suo spirito guida non sbagliava. Ora era giunto il momento di agire. L'ultimo passo della missione non lo spaventava: una volta in acqua, uccidere un'umana gli sarebbe sembrato quasi facile. Ciò che lo metteva in crisi era la prima parte — sedurla. Per un tritone già legato, fosse pure vedovo, sedurre una compagna non era affatto naturale. L'ultimo requisito della missione non rappresentava un problema nella sua mente: uccidere un'umana sarebbe stato facile una volta che l'avesse avuta in acqua. La parte che lo faceva esitare era la prima, quella in cui doveva sedurla. Non era così facile per un tritone legato, che la compagna fosse morta o meno.

A differenza delle sirene, che spesso sfruttavano e poi abbandonavano i compagni, i tritoni si legavano per la vita. Un tritone vincolato a una compagna rischiava solo dolore e abbandono: spesso le madri se ne andavano, lasciando i padri a crescere i piccoli e a morire di crepacuore. Li avrebbe cresciuti con la dedizione di un cavalluccio marino, finché anche loro non l'avessero abbandonato. La maggior parte dei tritoni moriva di crepacuore. Quando sua figlia aveva scelto una strada tutta sua e aveva lasciato il nido, lui si rifiutò di lasciarsi corrodere dal dolore. Cercò invece una morte rapida e si spinse nelle profondità selvagge, dove trovò un segreto che gli aprì la via della libertà.

Affiorò un'altra paura. E se avesse fallito? Una sirena avrebbe fatto a pezzi un amante che avesse fallito, letteralmente. Le femmine umane erano altrettanto spietate?

La luce proveniente dalla superficie tremolò, poi si spense per un istante al passaggio della barca. Adesso era lei a dargli la caccia. L'ironia non gli sfuggì.

Un'umana sola in mare era una rarità. Poteva essere la sua unica possibilità. Portare a termine quella missione avrebbe reciso l'agonizzante legame di coppia che lo stava già trascinando verso la morte.

Prese la piccola arpa marina appesa al collo — la stessa che, un tempo, la sua compagna aveva suonato per attirarlo e incatenarlo a sé. Dalla sua curva sporgevano dentelli pallidi, resti di un'antica spugna marina che lui stesso aveva raccolto dopo un tuffo di un quarto di lega nelle profondità selvagge. Con tocchi sapienti l'esoscheletro produceva una melodia irresistibile. Forse quel canto non solo avrebbe sedotto l'umana, ma avrebbe acceso anche la sua stessa brama.

Un brivido di colpa gli attraversò il sangue: sapeva bene cosa significava trovarsi dall'altra parte di quella magia. Conosceva la totale cessazione della volontà che lei avrebbe provato. Il Canto dei Muridi parlava al nucleo primordiale di ogni creatura. Era la magia che le sirene usavano per sedurre i marinai. Contro di esso, lei sarebbe stata del tutto impotente.

Fallo, o muori. Era condannato comunque — tanto valeva gettarsi anima e corpo. Sfiorò i dentelli dell'arpa con la punta delle dita e iniziò a risalire verso la superficie.

Due

Madison ripose la macchina fotografica e si chinò di nuovo sotto la cappottina del pilota per riavviare il motore. Qualunque cosa avesse visto — se mai era stata reale — ormai era sparita, e lei doveva trovare quel branco di delfini entro oggi, o pagare un'altra bella somma per il noleggio della barca. Il motore scoppiettò, poi ebbe un ritorno di fiamma e si spense. Imprecando, spense tutto e si spostò verso il vano motore per regolare l'aria.

Una nota acuta e dolce rimbalzò sull'acqua come la risata di un bambino. *Cos'è stato?* Sollevò il capo e scrutò le onde. La nota mutò in qualcosa di simile a un oboe o a un sassofono sensuale che teneva una nota lunga, un ritmo ipnotico, pulsante come un battito cardiaco. C'era forse un'altra imbarcazione nelle vicinanze con la musica accesa? Non ne vedeva nessuna.

Chiuse gli occhi, inspirando a fondo l'aria dolce e salmastra prima di riaprirli per cercare la fonte della melodia. Il sole scintillava come diamanti sulla superficie dell'acqua, costringendola a socchiudere gli occhi. Quello che nuotava verso di lei era un uomo?

Scomparve sotto la superficie e la melodia vibrò attraverso il ponte contro i suoi piedi. L'impulso le risalì le gambe in una scia di deliziosi brividi, concentrandosi nel suo centro. *Dio, che sensazione meravigliosa!* Un attimo dopo, si ritrovò in piedi sulla falchetta.

Un uomo dai capelli scuri affiorò a circa sei metri di distanza, con la barba ben curata stillante. Aveva le spalle larghe e il torso snello e muscoloso di un nuotatore professionista. Un orecchino a conchiglia a spirale gli adornava un lobo, e una grande scheggia di madreperla gli attraversava il capezzolo del pettorale sinistro, ben scolpito. Sfiorava con un ritmo ipnotico un oggetto bianco a forma di dente appeso a un cordino intorno al collo, apparentemente imperturbabile all'idea di essere alla deriva in mare. Ciò che la colpì di più, tuttavia, fu la sfumatura verde limone dei suoi occhi. Un senso di vertigine le sbocciò nello stomaco e desiderò fuggire dal dondolio del ponte. Si appoggiò alla falchetta per mantenersi in equilibrio.

«Salve. Ha bisogno di aiuto?» Non sapeva cos'altro chiedere. Era troppo al largo per essere arrivato dalla riva.

Lui aprì la bocca e la sconvolgente melodia fisica che l'aveva spinta verso il bordo della barca si fece più forte.

Il suo centro si contrasse con un'intensità sorprendente, deliziosamente orgasmica. La scienziata dentro di lei si chiese distrattamente se un orgasmo indotto dal suono fosse persino possibile. Poi smise di analizzare e lasciò che la sensazione la travolgesse come se fosse un'onda verde che si infrangeva. I suoi capezzoli si indurirono contro la maglietta e un calore si raccolse nel profondo del suo ventre. Si aggrappò con entrambe le mani al bordo della falchetta, con le gambe che le tremavano.

L'uomo si tuffò, rivelando quella che sembrava una pinna dorsale verde e traforata lungo la spina dorsale. Seguì una coda verde brillante, la cui pinna fluttuante le scagliò contro una pioggia d'acqua. Lei sbatté le palpebre, recuperando un fugace momento di curiosità scientifica. *Era forse...? Impossibile.* Poi la melodia tornò a quel ritmo profondo, che saliva attraverso il ponte, attraverso le sue gambe. Martellando contro il suo bacino come se un uomo le spingesse dentro con forza.

Inspirando bruscamente, gettò la testa all'indietro, persa nell'estasi. L'ondata di sensazione primordiale sopraffece la sua logica. Ogni centimetro della sua pelle fremeva di desiderio elettrico e bramava di essere toccata. Subito.

La sua mano si insinuò sul seno, accarezzando il capezzolo fino a renderlo un picco dolente. Aveva bisogno di più. Aveva bisogno di quell'uomo, che in qualche modo stava risvegliando le sue emozioni più profonde. Chinandosi, con una mano sulla falchetta mentre l'altra le pizzicava ancora il capezzolo, scrutò l'acqua. Dov'era andato?

Il suo viso apparve proprio sotto di lei, salendo per incontrarla. Un paio di occhi verde limone la trafissero, con un intento seducente che rispecchiava le vibrazioni nelle sue ossa. Si sporse in avanti, rispondendo al richiamo.

Lui ruppe la superficie e unì le sue labbra alle di lei. Il contatto la fece precipitare in un orgasmo. La sua presa sulla falchetta si allentò e lei sprofondò oltre lui nell'acqua gelida.

Le labbra dell'umana incontrarono quelle di Rubac in una scossa simile a quella di un'anguilla elettrica.

Sbalordito, si lasciò ricadere nell'acqua, con i pensieri che si scontravano come detriti intrappolati in una corrente di risacca. Il suo cazzo premette contro l'apertura della sua guaina, come se si stesse risvegliando da un lungo sonno.

Cos'era successo? Faceva parte della missione? Il contatto umano non assomigliava per niente alla connessione che si era aspettato. Quando la sirena lo aveva catturato e legato a sé, aveva sentito un irrigidimento, come se tutto il suo corpo fosse costretto da fili di kelp. Una catena che lo legava alla sua compagna per l'eternità. Quello che aveva appena provato con l'umana assomigliava più all'euforia di cavalcare un pesce vela mentre balzava fuori dall'acqua.

Poi si rese conto che il corpo inerte di lei stava affondando accanto a lui, con gli arti scomposti. Un sottile rivolo di sangue seguiva la sua scia.

Si piegò a V e l'afferrò, portando la sua forma inerte in superficie. Doveva aver battuto la testa cadendo. Doveva portarla al suo nido e finire ciò che aveva iniziato? Gli sembrava sbagliato approfittarsi di lei mentre era priva di sensi — doppiamente sbagliato, dopo averla ipnotizzata con il suo canto.

Avvolgendole un braccio attorno alla vita, la trascinò fino alla barca. La parte posteriore dell'imbarcazione aveva una piattaforma accanto al motore, e riuscì a issarsi sopra. La strinse al petto e la tirò sul ponte, dove lei gli si stese addosso. La sua spalla schiacciò contro di lui l'arpa di mare, frantumandone i delicati rebbi.

Tutto il suo corpo si tese. Senza l'aiuto dell'arpa, il suo compito sarebbe stato più difficile. Forse impossibile. Decisamente più pericoloso.

Rotolando via da sotto il suo peso, si sollevò su un gomito per guardarla. Sebbene priva del fascino esotico di una sirena, l'umana sembrava abbastanza attraente. I contorni dei suoi seni premevano contro il tessuto della camicia senza niente in mezzo, e la curva della sua vita si arrotondava piacevolmente sui fianchi.

Giaceva distesa e apparentemente a disagio sulla dura superficie. Come facevano questi umani a sopportarlo, a essere così appesantiti per tutta la vita? Le passò una mano sul cuore, verificando che la sua aura vitale occupasse ancora il suo corpo. Eccola lì: un bagliore d'oro mescolato a marrone profondo e a un arancione pallido. L'informazione in quel bagliore lo incuriosì: era una cercatrice di conoscenza, come lui.

Si ritrasse con un brivido. Avrebbe dovuto finire quello che aveva iniziato o fuggire prima che lei si svegliasse. Ma la curiosità lo costrinse a esaminarla ancora un po'. Si era trovato così vicino a un'umana solo un'altra volta — un breve incontro, quando suo fratello era stato catturato nel legame di una compagna umana. Rubac a volte spiava la coppia da lontano mentre camminavano – suo fratello camminava! – su una spiaggia, ma non si era mai avvicinato. Ora si permise di ispezionare i dettagli della pelle di quell'umana. Gli piaceva la semplicità dei suoi capelli corti e scompigliati dal vento, le labbra generose e il naso liscio e piatto. Un piccolo punto luce dorato le brillava nella piega della narice, risaltando sulla pelle vellutata e ambrata. Il tessuto bagnato della camicia le aderiva ai seni, e i capezzoli scuri e duri sembravano implorare la sua carezza. Il suo ventre piatto scendeva fino a una V dove le gambe si incontravano, e lui si ritrovò curioso di sapere cosa avrebbe potuto trovare lì, così diverso dalla fessura vulvare di una sirena.

Lei si mosse, e lui riportò lo sguardo sul suo viso. Grandi occhi castani sbatterono le palpebre verso di lui e, con la barriera precedentemente creata dai suoi occhiali da sole scomparsa, si ritrovò a sprofondare negli abissi della sua anima. Un conforto caldo e curioso, come trovare un'anima affine dopo essere stato eternamente solo.

«Chi sei?» La sua aura era venata di confusione e attraversata da fili rosa d'attrazione.

Senza pensare, abbassò il viso e la baciò.

<h1 style="text-align:center">Tre</h1>

Le labbra dello sconosciuto si muovevano contro le sue con tale maestria che Madison smise di pensare. Chiuse gli occhi e rispose. La sua mano si aggrappò al bicipite di lui, i cui muscoli si gonfiarono mentre sosteneva il suo peso sopra di lei, con la pelle calda e resa scivolosa dall'acqua di mare. Il calore residuo del suo orgasmo divampò di nuovo. Il suo corpo premeva contro quello di lei, e si ritrovò a inarcarsi verso di lui, attirandolo più vicino.

Lui rispose passandole una mano tra i capelli sulla nuca e inclinandole la testa per approfondire il bacio. La sua bocca sapeva di sale e di un tocco di zenzero speziato, mentre le spingeva la lingua tra i denti. Un'esplosione di calore le inondò l'intimo tra le cosce.

Trattenne il respiro, sbalordita dalla folle reazione che il suo corpo aveva per lui. Quell'uomo era un perfetto sconosciuto e a lei non importava nemmeno. In tutta la sua vita, non era mai stata baciata così, accesa in quel modo. Non voleva che finisse: si rifiutava di tornare alla logica che di solito governava la sua vita. Per una volta si sentiva primitiva. Imprevedibile. Selvaggia.

Togliendo la mano dal bicipite di lui, gli artigliò le costole, per poi posarla infine sul fianco. La sua erezione premeva con insistenza tra loro, e lei lo desiderava come non aveva mai desiderato nessuno prima. Premette il bacino contro di lui, deliziata dal suo gemito contro le labbra di lei. La mano di lui le lasciò il collo e le afferrò una natica, impastandola per un momento prima di risalirle lungo il fianco per trovarle il seno. Una sensazione esplosiva le attraversò il capezzolo, come se avesse desiderato il suo tocco per tutta la vita, e un'elettricità orgasmica le scese fino a raccogliersi nell'addome.

La sua mano destra, parzialmente intrappolata tra loro, scivolò più in basso fino a sfiorare la punta del suo cazzo

— sorpresa di scoprire che era già esposto, già nudo. Il membro palpitante fremette al suo tocco. Voleva vederlo. Voleva viverlo con ogni senso. Aprì gli occhi e incontrò due occhi innaturalmente verde limone in un viso che avrebbe potuto appartenere a un dio greco, con una fronte cesellata e una barba scura e corta.

Lui si tirò indietro, ruppe il contatto delle loro labbra e la fissò dall'alto. La ragione si fece strada nella sua mente. *Da dove era venuto quell'uomo?*

Lei allungò una mano per toccargli la guancia, e un'espressione di allarme gli attraversò il viso. Con entrambe le mani si allontanò da lei, spingendosi. Una folata d'aria fresca li separò, tagliente come una lama. Lui si girò, afferrò la falchetta più vicina e scomparve oltre il bordo. Lei rimase a fissare, con negli occhi l'impressione residua di una coda verde brillante.

Si tirò su di scatto e si inginocchiò per scrutare oltre il bordo. *Una coda?* Ma aveva baciato un uomo. Le due immagini non quadravano. I tritoni non esistevano.

Eppure le sue labbra formicolavano ancora al ricordo dei suoi baci

Rubac si tuffò nell'acqua come un arpione scagliato dalla mano di un cacciatore, lasciandosi dietro una scia di pura lussuria. Perché era fuggito? Non avrebbe dovuto importare se lei sapeva cosa fosse. Doveva comunque ucciderla. Se voleva liberarsi dal legame di coppia, doveva portare a termine la seconda parte della sua missione. Ma per qualche ragione, la domanda negli occhi dell'umana, il cambiamento nella sua aura, avevano infranto il suo bisogno impellente. Gli avevano ricordato chi fosse.

Quello che l'umana pensava di lui era importante. Non voleva che lei lo vedesse come un mostro. Anche se stava per diventarlo — uccidendola

Come poteva tutto il suo essere desiderare ardentemente una donna che non era la sua compagna? Un'umana? Era forse questo l'impulso insaziabile che le sirene provavano continuamente, ciò che le spingeva a cercare nuovi amanti ancora e ancora, nonostante un uomo devoto le attendesse a casa? Eppure lui non voleva altre umane. Voleva quella proprio sopra di lui. Interruppe la discesa e si sfregò le dita sul bracciale della meditazione, in cerca di calma. In cerca di guida. Il desiderio che gli ribolliva dentro lo faceva sentire una bestia. La sua missione non doveva essere così. Doveva essere un compito ingrato. Un fardello. Da sbrigare in fretta e dimenticare. E invece era lì, nascosto nell'ombra della barca mentre i suoi testicoli pulsavano di desiderio all'interno della loro guaina protettiva.

Calmati. È solo che non sei stato vicino a una femmina da un po'.

Come facevano le sirene a gestire questa cosa regolarmente? Sarebbe stato così ogni volta che incontrava un'umana? Una nota di rabbia gli sfuggì dalla gola, facendo disperdere un banco di donzelle vicino. Stava andando in pezzi. Voleva quella donna più di qualsiasi altra cosa avesse mai desiderato in vita sua. Abissi, perché la desiderava così tanto? Doveva essere il dannato canto dell'arpa di lische. Aveva catturato lui tanto quanto l'umana. Ma il canto era finito, l'arpa di lische rotta. I suoi effetti avrebbero dovuto essere già svaniti. Perché non stavano scomparendo?

Nuotando in un cerchio stretto direttamente sotto lo scafo, combatté l'impulso di risalire in superficie. Di accarezzare quei seni perfetti e baciare quella calda pelle bruna. Di affondare il suo cazzo nel profondo del suo nucleo ardente. Tutto il suo corpo fremeva di bisogno. *Ti farai ammazzare,* si disse. Lei lo aveva visto. Probabilmente lo stava aspettando con un'arma. La sua specie era pericolosa. Predatori alfa. Avevano dato la caccia al popolo del mare fin dalla distruzione di Atlantide. Le sirene, in risposta, davano la caccia ai loro uomini. Non c'era amore tra le due specie. Perché era così fortemente attratto da lei? Si sentiva come se l'arpa di lische fosse stata usata contro di lui, invece che da lui.

Un'ondata di terrore gli si riversò nello stomaco. E se fosse stato così? E se, invece di liberarsi, si fosse appena legato a un secondo legame di coppia? Impossibile. I tritoni si legavano per la vita a un'unica compagna. No, doveva essere la forza del canto dell'arpa di lische. Tutto qui. L'avrebbe avvicinata di nuovo, questa volta senza magia, e avrebbe terminato la missione. O così, o sarebbe soccombuto al suo imminente deterioramento verso la follia e la morte.

Sedurre l'umana senza magia sarebbe stato complicato, però. Comparire semplicemente nuotando e prendere ciò che voleva non era un'opzione sicura. Avrebbe dovuto fare leva su altri desideri di lei, sperando che non avesse un'arma. Sapeva dalla sua aura che lei cercava la conoscenza.

Avrebbe avuto domande su di lui e sulla sua specie. Forse poteva attingere a quello. Avvicinarsi abbastanza da trascinarla sott'acqua...

No. Si sfregò l'indice contro la bacchetta della visione. Trascinarla in acqua l'avrebbe spaventata. Non voleva violentarla. Voleva sedurla. Doveva essere a suo agio. Sicura di sé. Doveva entrare nel suo mondo. Permetterle di vederlo. Di toccarlo.

Avrebbe dovuto sedurla offrendo se stesso come esca.

Quattro

Madison rimase immobile a fissare l'acqua dove quel perfetto esemplare di uomo era scomparso. Una fantasia vivente: addominali a tavoletta, spalle da ginnasta... e una coda da pesce.

La testa le girava e le gambe erano così deboli che a malapena la reggevano. Era successo davvero? Portandosi una mano alla fronte, sentì il bernoccolo. Aveva avuto di peggio. Di certo la ferita non poteva essere così grave da provocarle allucinazioni, giusto? Dopotutto, forti allucinazioni potevano provocare una risposta fisiologica. Le punte delle dita le sfiorarono le labbra, seguendone la morbida pienezza, mentre osservava la macchia di sangue sul palmo, causata da tre minuscole punture. La sua pinna era stata tagliente. Entrambe le sensazioni erano fin troppo reali.

Una brezza proveniente dall'acqua le fece venire la pelle d'oca sotto i vestiti bagnati. Con le gambe ancora tremanti, si alzò e si spostò nello spazio semi-protetto accanto alla poltrona del pilota. Prima di spogliarsi, scrutò l'acqua circostante, ma la superficie scintillante si rifiutava di rivelare i suoi segreti. Rabbrividì di nuovo, sentendo il bisogno di riscaldarsi.

Sfilandosi i pantaloni, si lasciò cadere sul sedile girevole, rimanendo in mutandine mentre strizzava i vestiti per far uscire l'acqua di mare. Il dubbio cominciò a insinuarsi in lei. I tritoni non esistevano. Ogni fibra del suo corpo da scienziata negava quella possibilità, anche se le labbra le pizzicavano e la mano sanguinava. Buttò i vestiti sul sedile accanto a sé ad asciugare. Eppure, se era stato un sogno, era stato il sogno più realistico di sempre. Bramava sentire di nuovo il suo corpo contro il proprio e finire quello che avevano iniziato.

Si intrufolò nella minuscola cabina sotto la prua della barca e si infilò dei vestiti puliti, la pelle ancora appiccicosa di acqua salata. Era decisamente finita fuori bordo. E in qualche modo era riuscita a tornare a bordo. Non poteva esserci alcuna spiegazione scientifica per questo. Quindi, cos'era successo esattamente? E perché lo sconosciuto l'aveva baciata, l'aveva eccitata a quel modo, solo per poi fuggire?

Tornata sul ponte, si avvicinò al lato in cui l'uomo, o qualunque cosa fosse, era scomparso. Le onde agitate non mostravano ancora alcun segno di lui, che fosse umano o tritone. Un essere umano sarebbe dovuto venire da qualche parte e andare da qualche parte. Ma non c'era terra in vista, né imbarcazioni. Un habitat sottomarino? Un sottomarino?

Si chinò sul bordo per guardare. Il ricordo di quel volto barbuto e di quegli occhi di un verde sconcertante che risalivano dagli abissi quasi la fece cadere all'indietro. Ricordò il canto pulsante che sembrava concentrarsi direttamente nella sua vagina. E ricordava decisamente l'impulso vorace di consumare la promessa di quel canto.

Raddrizzandosi, si passò le dita tra i capelli umidi, con lo sguardo perso mentre frugava nei suoi ricordi. «Peggio di una ragazza ubriaca a una festa di una confraternita del college», mormorò, scuotendo la testa.

Ricordò la pressione decisa del suo cazzo contro il fianco, la vellutata sorpresa della sua nudità sotto le dita. Certo che era nudo. I tritoni non indossavano vestiti.

Si leccò le labbra, rendendosi conto di ciò che stava pensando. Di ciò che non poteva negare. Aveva baciato un tritone. Lanciò uno sguardo intorno alla barca, quasi aspettandosi che uno specializzando saltasse fuori e dicesse: «Beccata!» Ma ovviamente era sola. Questa scoperta era solo sua. Era reale.

Il cuore le martellava contro le costole. Un delfino ibrido sarebbe stata roba da poco in confronto al documentare l'esistenza di un tritone. Senza precedenti. Eppure, rivendicare la scoperta di un tritone l'avrebbe resa uno zimbello ancor più di quanto già non fosse, se non avesse raccolto prove inconfutabili. Si prese un momento e registrò le sue coordinate sul GPS. Sarebbe tornato? Perché era venuto da lei, innanzitutto? Sicuramente non solo per un bacio. Voleva qualcosa, ma cosa?

Tutto quello che sapeva sulle sirene erano vecchie storie della nonna su come seducessero gli uomini portandoli a una tomba d'acqua. Eppure, non l'aveva portata con sé fuori bordo. Anzi, l'aveva tirata fuori dall'oceano e l'aveva rimessa sul ponte.

Senza di lui sarebbe sicuramente annegata. No, non poteva volerle fare del male. Voleva solo...

La sua figa si contrasse al solo pensiero di ciò che lui volesse. O era quello che voleva *lei*? Dopotutto, se n'era andato senza finire quello che aveva iniziato. Perché? Minuscole scosse elettriche le punsero i capezzoli mentre ricordava la magia assoluta del suo bacio — la presa stuzzicante della sua mano sul collo, sul culo, e la stretta decisa su un seno. Santo cielo — se avesse continuato a pensare in quel modo, avrebbe finito da sola ciò che lui aveva iniziato.

Ricerca. Doveva concentrarsi sulla ricerca, non sull'effetto che quel bacio le aveva lasciato. Provare l'esistenza di un tritone sarebbe stata la scoperta del secolo. Doveva mantenere la lucidità in quel momento, non pensare alla sua vagina. Doveva pianificare la sua strategia. Non pensare a quanto sarebbe stato bello avvolgere le gambe intorno ai suoi fianchi, premere i seni contro quel torso scolpito...

Smettila. Prese la pistola da biopsia e se la infilò nella cintura. Si infilò la piccola macchina fotografica nel taschino della camicia. Doveva essere pronta a tutto. I suoi dati dovevano essere completi. Campioni di tessuto. DNA. Forse poteva escogitare un modo per catturare la creatura, se fosse tornata — magari con una rete di qualche tipo...

Si bloccò, rendendosi conto di ciò che stava pensando. Era una creatura o un uomo? Una parte di lui era, senza dubbio, assolutamente maschile. Stava per creare un precedente su come sarebbe stato trattato dal resto dell'umanità.

Forse dovrei solo scoparmelo. Che ne dici come precedente? La sua figa si contrasse come in segno di assenso.

Ma, seriamente, se fosse tornato, cosa avrebbe dovuto fare?

Parlargli. Sapeva parlare? Se sì, avrebbe filmato la conversazione. Documentare il primo contatto. Be', il secondo — ma chi stava a contare?

Prese una sedia pieghevole e si mise comoda, ad aspettare che il suo amante fantastico riapparisse.

Cinque

Madison non sapeva come, ma stava fissando proprio il punto in cui lui riemerse. Lui emerse silenziosamente, avvicinandosi con cautela da circa trenta metri, con la luce del pomeriggio alle spalle e l'acqua che scintillava tutt'intorno. Deglutì, estrasse la videocamera dalla tasca, la puntò e premette il tasto di registrazione. Poi si alzò e si avvicinò alla falchetta.

«Ciao!» La sua voce vacillò, e deglutì di nuovo. Parlava inglese? Sapeva parlare, almeno? Era magnifico, spalle larghe, la pelle luccicante, abbronzata e dorata. Ma da lì non riusciva a distinguere alcuna coda. Nessun segno che fosse altro che umano.

Interruppe la sua avanzata a circa nove metri di distanza. «Saluti.» La sua voce profonda rotolò sull'acqua come un presagio di tempesta.

Grazie al cielo, sa parlare! Controllò lo schermo della videocamera per assicurarsi che lo stesse riprendendo. «Mi chiamo Madison. E tu?»

«Rubac.»

«Sei... cosa sei?»

Il vento si era alzato con il calare del sole e il suo torso si alzava e abbassava con l'ondulare del mare, senza però mai rivelare ciò che si nascondeva sotto. «La tua specie mi chiamerebbe tritone.»

Le onde schiaffeggiarono sonoramente lo scafo. Lei pregò che l'audio stesse catturando le sue parole. «Posso... posso vederti?»

Lui sorrise, poi si piegò per un tuffo. Una pinna dorsale verde e appuntita fendette l'aria, seguita da una coda color smeraldo. Lei si aggrappò alla falchetta per sostenere le gambe che all'improvviso si erano fatte deboli. Il rollio del ponte non le era mai sembrato così instabile. «Sei vero.»

«Adesso tocca a te», disse lui, avvicinandosi.

Lei si acciglió. «Tocca a me? Cosa vuoi dire?»

«Voglio vederti» brontoló lui. Il morso freddo della brezza le ricordó che le mutandine erano bagnate. E divennero ancora piú bagnate quando lui ordinó: «Togliti la maglietta.»

Per la prima volta, le venne in mente che quell'uomo poteva farle del male. Era sola lá fuori. Lo stomaco le si contrasse e la mano libera voló a coprirle il petto. «Stai per...» Deglutí. «Perché?»

Lui abbassó lo sguardo, come se fosse timido, e affondó tra le onde finché solo la testa rimase fuori. «Anch'io sono curioso di te.»

Si leccó le labbra, con lo sguardo fisso su di lui. Anche lui era curioso. Giusto. Che male c'era a mostrargli qualcosa? Non aveva mai avuto problemi con il proprio corpo. Non indossava il reggiseno se non era costretta. Infatti, non lo indossava neanche in quel momento. Avrebbe potuto togliere l'audio dal video in un secondo momento e nessuno avrebbe mai saputo cosa aveva fatto. Inoltre, voleva i suoi occhi su di sé. In realtà, voleva molto di più.

Posando la videocamera, ancora in registrazione, sulla falchetta, avvolse il laccetto da polso attorno a un passacavo della canna da pesca e poi si mise in piedi di fronte a lui. Il morso della brezza serale la rese acutamente consapevole della propria pelle mentre si sfilava lentamente la maglietta sopra la testa. Lo sguardo famelico di lui le provocò piccoli brividi che le corsero lungo i fianchi per poi raccogliersi in una massa di calore nel ventre.

Con sua grande soddisfazione, una parte ancora maggiore di lui apparve sopra le onde, e l'acqua gli scorreva lungo le braccia e le costole in rivoli scintillanti. I suoi capezzoli erano turgidi, cerchi perfetti al centro di pettorali scolpiti quasi geometricamente. Maledizione, non aveva mai visto un uomo che potesse competere con il suo petto e i suoi addominali. Si chiese come fosse davvero la sua metà inferiore.

Lasciò che il tessuto le scivolasse sensualmente dalle braccia e cadesse sul ponte. I suoi capezzoli si indurirono come se invitassero le sue mani a stuzzicarne le punte. Puntando il mento, disse: «Tocca a te.»

Lui sorrise e si portò entrambe le mani dietro la testa, poi si piegò all'indietro fino a galleggiare a pancia in su. La sua coda verde e splendente accarezzava l'acqua con una sensualità pacata, la pinna caudale un ampio ventaglio ondeggiante. Eppure, nonostante il fascino che la sua coda esercitava su di lei, ciò che la colpì di più fu quello che si trovava appena sotto il suo ombelico, che emergeva da una fessura dove i suoi addominali abbronzati si fondevano con la coda verde brillante. Il suo cazzo turgido sembrava pulsare in risposta alla sua attenzione. Lui si passò una mano lungo tutta la sua estensione e lei rabbrividì.

Sforzandosi, riportò lo sguardo sul suo viso, con la fica dolorante in risposta primordiale alla sua esibizione. Il suo respiro accelerò fino a diventare un piccolo ansimo. *Concentrati, Madison. Sei una scienziata, non un'adolescente in cerca di un'avventura.* Scuotendo la testa, come se potesse liberarla dagli ormoni, si ricordò della videocamera. Ne regolò l'inquadratura, poi strinse il laccetto da polso attorno al passacavo. Il suo sguardo tornò alla magnifica creatura nell'acqua, con gli addominali e il petto che luccicavano al sole e la coda muscolosa che lasciava una scia dietro di sé.

Si rese conto che, per quanto spettacolare fosse il filmato, nessuno ci avrebbe creduto senza dati a sostegno. Le foto potevano essere manipolate. Le sarebbero serviti come minimo campioni di pelle. DNA. Sangue. La sua pistola da biopsia era ancora infilata nella cintura. *Nel momento in cui la tirerai fuori, scapperà.* Forse poteva convincerlo a salire sul ponte con lei e a fornirle volontariamente un campione, o magari due. *Rompi il ghiaccio. Fagli qualche domanda.*

«Allora, Rubac. Vieni spesso da queste parti?» Fantastico. Ora stava usando frasi da rimorchio da quattro soldi.

Lui si avvicinò fluttuando finché non fu proprio a fianco dello scafo. «Sono molto lontano da casa.»

«Qual è il tuo habitat abituale?» Meglio. Mantieni un approccio scientifico. Ma il suo cazzo turgido era una maledetta distrazione.

«Il popolo del mare si sposta per tutto l'oceano.»

«Ho vissuto gran parte della mia vita sull'oceano.» Incrociò le braccia. «Non ne ho mai visto uno.»

Lui si strinse nelle spalle. «Scegliamo di non essere visti.»

«Perché hai scelto di farti vedere adesso, allora?» Strinse gli occhi, la diffidenza che le si arrampicava lungo la schiena. «E come fai a conoscere la mia lingua?»

«Sott'acqua cantiamo molte canzoni. Comunichiamo in molti modi.» La sua coda scattò e lui fece una capriola, immergendosi sotto la superficie. Veloce come un fulmine, riemerse più vicino alla barca. «Cos'altro vorresti sapere?»

Il suo cuore accelerò fino a un ritmo martellante. «Verresti sul ponte a farti dare un'occhiata?»

Le sue labbra si allargarono in un sorriso. «Togliti i pantaloni. Lascia che prima ti dia un'occhiata io.»

Un brivido la percorse. Voleva continuare a giocare? Bene — avrebbe giocato. Appoggiò entrambi i palmi sul ventre nudo, in un gesto che sperava fosse sensuale, e li fece scorrere verso l'interno per slacciare il bottone in vita. I suoi occhi verde lime seguirono famelicamente le sue mani. Aprì la cerniera e fece scivolare una mano nell'apertura, stringendosi l'inguine, e lasciò sfuggire un gemito deliberato quando la punta del dito sfiorò il suo clitoride pulsante.

La sua bocca si dischiuse leggermente, la lingua che faceva capolino. Solo immaginare quella lingua sul suo clitoride le fece contrarre le viscere. Il suo sguardo si sollevò per incontrare quello di lei. «Toglili» disse lui.

Si abbassò la vita dei pantaloni sui fianchi, improvvisamente a disagio per le sue semplici mutandine di cotone. Un tritone avrebbe davvero notato la mancanza di lingerie sexy? I pantaloni le si ammucchiarono intorno alle caviglie e lo sguardo di lui la scrutò avidamente da cima a fondo. *Immagino di no.* Deglutendo, disse: «Okay, li ho tolti. Avevi detto che saresti salito a bordo.»

Lui nuotò verso poppa. Rendendosi conto che doveva immortalare quel momento su video, staccò lo sguardo da lui e afferrò la videocamera, puntandola sulla falchetta. La barca oscillò sotto il suo peso, e con una spinta muscolare delle spalle lui si sollevò con sorprendente agilità. Superò il bordo, portando con sé un'ondata d'acqua di mare.

Il ponte non era molto spazioso, tanto per cominciare, e lei era in piedi vicina a lui, con l'intenzione di sfruttare la prossimità per documentarlo. La sua coda scintillante la inzuppò d'acqua. Peggio ancora, colpì la videocamera, strappandogliela dalle mani e facendola cadere fuori bordo. «No!» urlò lei, agitando le braccia per afferrarla. Ma era troppo tardi. La videocamera e tutta la sua documentazione affondarono scomparendo alla vista.

Si voltò e lo vide in posa, come per rotolare di nuovo all'indietro nel mare. I tricipiti e i dorsali erano tesi, la pinna della coda premuta piatta contro il ponte. I suoi occhi verdi la fissarono con incertezza.

Si sforzò di sorridere e alzò entrambe le mani in segno di pace, anche se dentro era in subbuglio. Il video era andato, ma aveva il pezzo da novanta proprio di fronte a sé. Un'opportunità per ottenere molto più di un filmato. *Non spaventarlo.* «Colpa mia. Avrei dovuto darti più spazio.»

Le sue braccia si rilassarono, e lui si mise a sedere sul ponte con la schiena contro lo scafo interno. La sua coda, di un brillante verde gioiello, si allungò verso di lei, la pinna che poggiava a pochi centimetri dalle dita dei suoi piedi. Da così vicino, il suo verde brillante sembrava quasi finto. Lasciò che il suo sguardo risalisse dalla pinna fino al punto in cui sarebbe stato il suo inguine. Il suo cazzo si era ritirato nel suo fodero, ma il rigonfiamento rimaneva lì a testimonianza della sua posizione. Si rese conto di essersi concentrata su quel punto per troppo tempo e alzò lo sguardo per vedere i suoi occhi verde lime pieni di allegria.

«Puoi toccarmi, se vuoi.»

Arrossendo, si accovacciò per passare la punta delle dita sulla pinna di lui. Questa si contrasse sotto il suo tocco, i bordi che si arricciavano sulla sua mano in una carezza di ritorno. La sua pelle formicolò al contatto — innocuo, eppure in qualche modo terribilmente suggestivo. «Non posso credere di stare toccando un vero tritone.»

«Non posso credere di essere toccato da una vera umana.»

Il timbro profondo della sua voce sembrava accarezzarle le ossa stesse, suscitando una risposta primitiva che non avrebbe potuto controllare più di quanto potesse controllare il battito del suo cuore. Divenne acutamente consapevole dei suoi seni nudi, di un calore tra le gambe, di un prurito che doveva essere grattato. Come un marinaio rimasto in mare troppo a lungo, era pronta. Desiderosa di impalarsi sul suo membro in attesa. E questo tritone era così decisamente maschio. Petto ampio, addominali a tartaruga e quegli occhi.

Quegli occhi che la invitavano ad avvicinarsi in quel preciso momento.

Si ritrovò a quattro zampe, a cavalcioni della sua coda, mentre vi strisciava sopra. *Voglio vedere dove il pesce incontra l'uomo*, si disse per giustificarsi. E i suoi gioielli. Aveva sempre avuto un debole per gli uomini con i piercing. Mantenne lo sguardo fisso nel suo, attratta in avanti finché non fu a cavalcioni dei suoi fianchi.

Fermando la sua avanzata, fece scorrere le dita sulla spilla di madreperla che aveva nel capezzolo.

Il tritone inspirò bruscamente, le afferrò le braccia e la trascinò in un bacio da capogiro.

Sei

Quando l'umana gli sfiorò la pinna, Rubac seppe di averla in pugno. La sua aura era stata di un rosa curioso fin dal suo arrivo, ma ora esplose di desiderio, attraversata da lampi scarlatti che incendiavano l'oro della sua curiosità. Non aveva nemmeno avuto bisogno di usare il suo canto. Lei lo voleva.

E lui voleva lei.

Ma quando lei gli aveva accarezzato la verga della visione, il suo desiderio esplose in qualcosa di più profondo. Si scatenò con la furia di una tempesta estiva. Ogni briciolo di controllo che pensava di avere svanì. Prendendole il viso tra le mani, si immerse nella sua bocca. Sapeva di kombu dolce e di un lieve sentore di cocco, un sapore che gli ricordava i suoi giorni da tritone single, quando era stato abbastanza audace da nuotare vicino alle isole vulcaniche intorno all'equatore.

Lei posò il suo peso sui suoi fianchi, e il suo calore si diffuse attraverso il fodero fino al suo cazzo. Appoggiandosi a lui, ne eguagliò l'intensità. Lui le lasciò scivolare le mani sui fianchi, impastando la sua carne morbida. La sensazione delle gambe di lei intorno a lui lo fece impazzire di lussuria. Sollevandosi dal ponte con una mano, si girò per stendersi sopra di lei, appiattendo le mani sul legno ai lati delle sue spalle. I suoi seni gli sfiorarono il petto e lei si mosse per far combaciare il proprio bacino con il suo. Lei gli fece scorrere i palmi sulle costole e intorno ai tricipiti, mentre i talloni che gli premevano sulle natiche facevano pulsare il suo cazzo contro il fodero protettivo, in cerca del richiamo proveniente da tra le sue gambe.

Senza interrompere il bacio, le fece scivolare una mano su un capezzolo, stuzzicandolo mentre le stringeva il seno nudo. Lei inarcò la schiena contro di lui per incoraggiarlo. Abbassò la carezza, oltre le costole, fino alla curva della sua vita. Tracciò la rotondità del suo fianco. Fece scivolare la mano nel punto in cui i loro fianchi si incontravano, trovando un sottile tessuto che le bloccava l'apertura. Le avvolse il palmo sul monte di Venere, incurvando le dita verso il calore tra le sue gambe.

Lei gemette, premendo contro la sua mano, e armeggiò con la propria fino alla vita di lui. Scostò il tessuto e gli spinse le dita sotto. La sua fessura era umida e pronta, il clitoride teso e pulsante. Lui le cerchiò delicatamente il bocciolo, il calore di lei che lo attirava giù tra le pieghe e di nuovo su. Il suo cazzo pulsava con insistenza contro il fianco di lei.

Sempre baciandolo, lei si sfilò le mutandine lungo le cosce e liberò le gambe con un rapido calcio. La sua aura rosa e cremisi ardeva di passione — lo avvolgeva, lo consumava.

Anche se avesse voluto fermarsi, non avrebbe potuto. La fame di lei controllava il suo intero essere. Quello che aveva creduto sarebbe stato il suo trionfo lo aveva ridotto ancora una volta a uno schiavo. Il suo cazzo era pronto, e le gambe di lei lo intrappolavano, lo attiravano a sé. Forzavano la lunghezza del suo membro lungo la sua apertura scivolosa. Le sue labbra inferiori sembravano baciarlo, promettendogli il piacere delle sue profondità. La morbida peluria che le copriva il pube, così diversa dalla levigatezza di una sirena, aggiungeva un'intensità di sensazioni che quasi lo fece venire.

Lei gli prese il viso, guidandogli la testa verso un seno. La sua areola scura era turgida, il capezzolo ingrossato e in attesa. Facendo attenzione ai propri denti aguzzi, le leccò la pelle, strappandole un piccolo gemito. Lei inarcò la schiena. Prese prima l'uno, poi l'altro tra le labbra, attento a non lacerarle la pelle. Lei rabbrividì, e la fessura contro il suo cazzo si riempì d'umidità.

«Ti voglio» supplicò lei.

Tirandosi indietro, lasciò che la punta del suo membro stuzzicasse l'ingresso delle sue accoglienti profondità. I suoi occhi incontrarono quelli di lui; le ricche iridi marroni erano quasi oscurate dalle pupille nere. Lei annuì, e la pressione dei suoi talloni che affondavano nelle sue natiche lo spronò ad andare avanti.

Affondò il colpo; l'estasi della loro unione era una marea crescente, un'onda invisibile ma ineluttabile che montava nel suo sangue. Si seppellì in profondità dentro quella donna, quell'umana, risalendo solo per affondare ancora e ancora. Il suo orgasmo crescente raggiunse un'intensità quasi dolorosa, sospeso sull'orlo della cresta imminente.

Lei rispose colpo su colpo, la sua aura che passava dallo scarlatto al viola, al bianco radioso mentre si protendeva verso l'orgasmo insieme a lui. Sembrava che stessero scalando la stessa onda, raggiungendo insieme la cima per afferrare il bordo che li avrebbe spinti verso l'estasi.

Il suo calore pulsò intorno a lui, svuotandolo del seme in un tremito di rilascio. Crollò sui gomiti per stendersi esausto sopra di lei, pelle calda contro pelle calda. Il suo respiro si accordava al suo, affannoso e sfinito dalla passione.

Lui le premette la fronte contro la sua, la mente annebbiata dal desiderio. «Bellissima» cantò la parola nella lingua di lei. Un desiderio ardente di portarla sotto le onde e rivivere quella passione, questa volta sospinti dalla corrente, gli scorreva nel sangue. Di mostrarle il suo nido e riempirlo con tutti i tesori e le cianfrusaglie che il suo cuore potesse desiderare. Di cantarle storie del mare per farla sorridere. Lei aveva già cominciato a fargli dimenticare il dolore per la compagna che non aveva mai amato e per il figlio che forse non avrebbe mai più rivisto. Voleva difenderla, proteggerla e renderla felice. Quell'umana gli faceva venire voglia di vivere di nuovo, proprio come gli aveva detto la sua visione profetica.

Poi si ricordò della sua missione. Ora che l'aveva sedotta, doveva portare a termine il suo compito. Il suo caldo profumo gli riempì la testa mentre le sue dita si stringevano in pugni impotenti contro il ponte. Non doveva sentirsi così. Uccidere doveva essere la parte facile.

Con i muscoli tremanti, si costrinse a sollevarsi, maledicendo il peso del proprio corpo. Lei lo fissò, una piccola ruga che le solcava la pelle tra le sopracciglia. «Che c'è?»

Non poteva affrontarla ora, guardarla negli occhi, sapendo che stava per tradirla. Con i nervi a fior di pelle, afferrò la falchetta vicina e si lanciò di nuovo in mare.

Sette

Madison si girò, con il corpo improvvisamente gelato senza il suo calore, e si mise faticosamente in ginocchio per guardare oltre il bordo. Sparito, come il classico uomo da una notte e via. Era solo quello che voleva? Sentì una fitta al petto.

Al diavolo la scienza. Le sue foto erano sparite. Non aveva raccolto campioni di pelle o di sangue. Che diamine c'era che non andava in lei?

I suoi pantaloni giacevano ammucchiati vicino al vano motore. Il calore le imporporò le guance mentre ricordava di essersi sfilata i jeans lungo le cosce per attirarlo a sé. Il vento le fece venire la pelle d'oca sulle gambe. *Rimettiti in sesto,* si disse. *Prima di tutto, vestiti.* Sarebbe stato impossibile pensare finché non avesse raggiunto un minimo di comfort.

Raccolse i jeans. Il denim bagnato sarebbe stato peggio che restare nuda. Entrò nella stiva dove aveva dormito negli ultimi tre giorni e tirò fuori un paio di mutandine pulite. Mentre se le stava infilando, si fermò.

Non aveva prelevato campioni di tessuto, ma c'era un campione biologico a cui aveva accesso.

Il calore che le colava ancora tra le cosce.

Sentì un nodo alla gola mentre apriva il suo kit per biopsie per prendere un tampone sterile. Come aveva potuto essere tanto stupida? Sesso non protetto? Chi poteva sapere quali malattie potessero portare i tritoni? E la gravidanza? Poteva essere un problema? La sua mente vorticava di domande a cui non sapeva dare risposta.

Strappò la confezione del tampone sterile, poi esitò. In qualche modo, prelevare un campione da se stessa le sembrava un tradimento. Come se stesse denunciando uno stupro dopo aver avuto un rapporto del tutto consenziente. E poi come avrebbe potuto spiegare la procedura usata per raccogliere quel campione? *Ho sedotto un tritone sulla mia barca e l'ho assalito per raccoglierne il seme da analizzare.* Si sarebbe resa ridicola.

Eppure il campione sarebbe stato legittimo, che si trattasse di un uomo o di un pesce. Diavolo, poteva essere il suo unico campione.

Si passò il tampone e ripose il campione in una provetta di isolamento. Il pensiero di usare la sua vita sessuale per scopi scientifici le dava la nausea. Poteva tornare. Era un pensiero sciocco, lo sapeva. Come aspettare una telefonata che non sarebbe mai arrivata. Ma c'era sempre una possibilità. Non aveva mai sentito un legame simile con un uomo. E anche Rubac era sembrato davvero preso da lei.

Poteva usare la barca solo fino a domani. Doveva aspettare lì il suo ritorno o si stava comportando da stupida? La sua mente scientifica le diceva di lasciar perdere. Ma il suo cuore le diceva di aspettare fino a domani. Nessuno faceva sesso così strabiliante e poi semplicemente voltava pagina, no?

Rubac doveva tornare.

Il mare rinfrescò la pelle accaldata di Rubac e placò il sangue che gli pulsava nelle vene. Come poteva andare fino in fondo e ucciderla? *Ecco perché si chiama missione,* si disse. *Non deve essere facile.*

Ma se l'avesse uccisa, non sarebbe stato migliore delle sirene che detestava.

Non poteva sopportare il pensiero del sangue dell'umana — di Madison — sulle sue mani. Non era una predatrice letale. Era una cercatrice di conoscenza, proprio come lui. Un'ospite nel suo oceano. E la sua aura era per lui irresistibile quanto la fessura tra le sue gambe.

Galleggiò senza meta, lasciando che i suoi pensieri vagassero con lui. Il tempo trascorso in superficie gli aveva seccato la pelle e il sole gli aveva lasciato un fastidioso pizzicore. Sollevò le braccia e fece una pigra capriola nell'acqua, godendosi la carezza della corrente sulla pelle. Il peso della sua aura era più leggero di quanto non lo fosse da decenni, da prima di essere intrappolato nel legame d'accoppiamento. All'improvviso sentì di poter godere di nuovo del mare.

Aspirando acqua ristoratrice attraverso le branchie, sfrecciò verso un banco di donzelle, girandovi intorno finché non formarono una piccola palla argentata. Tuffandosi verso il fondo roccioso, stuzzicò una sogliola finché non uscì dal suo giaciglio di sabbia, poi risalì bruscamente per solleticare il ventre di una spigola. Quella si girò, implorandone ancora.

Non si era mai sentito così vivo.

Si girò sulla schiena e guardò verso l'alto, verso la macchia scura della barca in superficie. Cercò qualche residuo di nostalgia per la sua compagna morta e non trovò nulla. La sua aura era davvero libera. Aveva davvero bisogno di uccidere un'umana per spezzare il legame di coppia? O era stata l'intimità la chiave di tutto?

Si sentiva libero. Dunque era libero. L'idea gli fece spuntare un sorriso e accelerò per tornare verso le foreste di kelp. Forse l'oracolo-balena lo aveva deliberatamente ingannato. Se la missione fosse stata solo una seduzione, Rubac probabilmente non l'avrebbe mai intrapresa, temendo che il finale fosse impossibile. Rendere la seduzione solo un passo verso un obiettivo gli aveva dato un traguardo diverso su cui concentrarsi e gli aveva permesso di completare il compito.

Il che, dopotutto, non era stato affatto un compito. Il suo membro si tese al ricordo delle morbide curve di Madison e dei suoi invitanti occhi castano-scuri. Avrebbe potuto persino considerare di unirsi di nuovo a lei. Smise di nuotare e fissò una roccia scura che emergeva dal fondo del mare.

Nonostante la depressione che provava quando la sua compagna lo lasciava, non aveva mai atteso con ansia di riunirsi a lei. Il sesso con lei, sebbene piacevole, era sempre stato un dovere. Gli incontri lo lasciavano svuotato, la sua anima debole e fragile. Dopo le sue visite, impiegava giorni per riprendersi. I tritoni credevano che la debolezza post-coitale fosse semplicemente solitudine e desiderio per una compagna che se n'era andata. E se fosse stato qualcosa di più? Se la sua compagna avesse consumato un piccolo pezzo della sua anima per fortificare la propria ogni volta che lo visitava? Se avesse eroso la sua forza vitale finché lui non fosse più stato in grado di sopravvivere senza di lei? Questo incontro con l'umana gli aveva davvero rinnovato la forza vitale?

Tese una mano e socchiuse gli occhi per osservare la propria aura. Il solito oro-arancione intenso si diffondeva in un'ampia fascia sulla sua pelle, venato di forti impulsi viola di vitalità. Non aveva mai visto i propri colori brillare con tale chiarezza. Emise un'esplosione di canto felice, spaventando un vicino branco di ghiozzi. Aveva davvero spezzato il legame!

Poi gli venne un altro pensiero. Questo potere rigenerante doveva pur venire da qualche parte. Non aveva sanato la sua anima da solo. E se avesse rubato questa forza vitale, lasciando Madison vuota e spenta come si era sentito lui ogni volta che la compagna lo abbandonava?

Era questo che intendeva la balena quando gli disse di sacrificare l'umana?

La gioia di rendersi conto che non doveva uccidere Madison si inasprì. Se quello che immaginava era vero, non era stato migliore delle sirene che detestava, lasciando un'amante svuotata e distrutta.

L'ombra della barca era ormai scomparsa e il cielo, un tempo luminoso, si andava oscurando sopra la superficie. Ricordò i magnifici colori dell'aura dell'umana, i brillanti giallo-arancioni che gli dicevano che era una cercatrice come lui. L'ansia gli attanagliò le viscere e un impulso protettivo lo investì, come solo con i suoi figli. Non voleva essere come la sua compagna morta e le altre sirene, che lasciavano gli amanti vuoti e sofferenti.

Emettendo un fiotto di bolle, sfrecciò verso le onde increspate, la coda che si muoveva più veloce di quanto i muscoli gli consentissero. Doveva assicurarsi che Madison stesse bene.

Otto

Madison regolò la radio e gettò l'ancora. *Dannato noleggio.* Tenere la barca un'altra notte le sarebbe costato parte della cauzione per il ritardo. Come avrebbe pagato l'affitto del mese successivo era irrilevante. Doveva essere la mossa più stupida che avesse mai fatto — persino più del credere nelle ritine di Steller. Ma il suo cuore non poteva accettare un'altra sconfitta.

Portò il sacco a pelo su dalla stiva, si tolse le scarpe e sistemò una sedia pieghevole per poter sorvegliare l'oceano mentre sgranocchiava una barretta proteica e tracannava un energy drink. Non le piacevano quelle cose, ma doveva rimanere sveglia. Il sole stava calando nell'oceano, creando brillanti colori al neon lungo l'orizzonte. Per fortuna, quella notte la luna sarebbe stata oltre la metà. Senza la sua macchina fotografica, avrebbe dovuto affidarsi alla fotocamera del telefono per documentare le immagini. Quest'ultimo aveva solo funzionalità di base per la scarsa illuminazione e avrebbe fatto un colpo di fortuna a ottenere immagini anche solo decenti.

Non aveva ancora deciso come comportarsi se il tritone fosse ricomparso, ma non aveva intenzione di rimproverarsi per non essersi preparata. Uno dei dardi da biopsia le poggiava in grembo e il telefono era appeso a una tracolla intorno al collo. Non avrebbe corso il rischio di perderlo, per nessuna ragione al mondo. Si sistemò sulla sedia con il sacco a pelo stretto intorno a sé per proteggersi dal freddo della sera.

Le doleva la fronte dove l'aveva sbattuta contro la barca, e dovette trattenersi dal toccare la crosta. Per tenere le mani occupate, scaricò e ricaricò la pistola per biopsie. Si fece un selfie con il flash per controllare che la fotocamera funzionasse, poi lo cancellò e disattivò il flash per le fotografie notturne a distanza. Aprì e chiuse la cerniera del sacco a pelo intorno ai piedi per trovare il perfetto equilibrio di temperatura.

L'oceano scintillava nero sotto una miriade di stelle, in attesa di una luna che, per ora, era solo un barlume all'orizzonte. Era stata una giornata lunga: prima si era alzata presto per inseguire quei delfini, poi c'era stata l'agitazione per il tritone. Che fine avevano fatto quei delfini? Si chiese se il tritone li avesse spaventati. E poi, cosa mangiavano i tritoni?

Quel pensiero le fece venire in mente un'alternativa maliziosa e si chiese come sarebbe stato sentire la sua bocca mangiarla. Il suo corpo si scaldò al semplice pensiero. Accidenti, lo voleva. Di nuovo. Si leccò lentamente le labbra mentre le sue parti intime fremevano al ricordo. Sarebbe stata una lunga notte.

Uno schizzo improvviso la fece balzare in piedi. Il cuore le accelerò di colpo a un tonfo contro lo scafo. *È tornato*. Respirando affannosamente, fece un passo indietro, puntando il telefono, e inciampò nel sacco a pelo. Le gambe le cedettero e il sedere colpì il ponte con una fitta dolorosa. Il dardo da biopsia le sfuggì di mano, ma almeno il telefono le rimase al collo.

La posizione bassa della luna all'orizzonte delineò l'ombra della testa e delle spalle di un uomo che sbirciava oltre il bordo della barca.

Maledicendosi per aver disattivato il flash, armeggiò al buio con le impostazioni. Non aveva previsto che si sarebbe avvicinato così in fretta.

Una voce profonda squarciò il silenzio della notte. «La tua aura è pallida. Ti chiedo perdono.»

Il suo dito si fermò sul pulsante della fotocamera. «Ti scusi?»

«Per quello che ti ho preso.»

Abbassò il telefono, non volendo spaventarlo con il flash. Se avesse scattato una foto in quel momento, avrebbe ottenuto solo la sua metà umana sopra la falchetta, in ogni caso. «Cosa mi hai preso?»

«Non lo senti?»

Scosse la testa. «Sentire cosa?»

«La tua aura è diminuita. Non desidero lasciarti danneggiata.»

Aura? Di che diamine stava parlando? Aprì la zip del sacco a pelo e ne uscì, senza mai staccare gli occhi dal tritone. La sua testa si abbassò sotto la falchetta, come se stesse per andarsene. Lei tese una mano supplichevole. «Ti prego, non andare!»

Lui si sollevò lentamente fino a tornare visibile, e il ponte si piegò sotto il suo peso.

Si mise in ginocchio e si avvicinò strisciando. *Fallo parlare.* «Quanti siete della vostra specie?»

«Pochi.» La sua voce si fece roca mentre lei si avvicinava. Le ricordò il loro precedente incontro, indebolendole le gambe con la beatitudine rammentata.

«Tornerai sul ponte?»

Lui esitò, la sua ombra immobile al chiaro di luna. Poi scavalcò il bordo come aveva fatto quel pomeriggio, inondandola con una pioggia d'acqua di mare.

Faceva fatica a respirare. Le sue mani erano strette intorno al telefono, eppure sembravano incapaci di muoversi. *È a un metro di distanza, per l'amor di Dio! Scatta la foto!* Eppure aspettò. Il pensiero di spaventarlo con una foto la faceva sentire vuota dentro.

«Perché sei venuto da me?» Si fece avanti di un altro po', il respiro corto.

Le onde lambivano ritmicamente lo scafo mentre lui sembrava riflettere. La sua voce vibrò così bassa da far tremare il ponte che la sosteneva. «Avevo bisogno di una cura.» Allungò una mano verso il suo seno, fermandosi un attimo prima di toccarla. Per un istante, lei giurò che il suo intero corpo avesse lampeggiato di un profondo viola. Ritirò la mano. «Non prenderò più niente da te, Madison.»

Si voltò per afferrare la falchetta.

Certa che avrebbe perso la sua occasione per sempre, si lanciò. Le mani gli avvolsero i fianchi e il suo peso lo trascinò di nuovo sul ponte con un tonfo da spezzare le ossa. Rapida, prima che potesse riprendersi, si arrampicò per bloccargli le braccia. «Non ho finito di parlare con te.»

Lui si tese, sollevandola facilmente verso l'alto, come per dimostrarle che non poteva trattenerlo. Poi si rilassò, rimanendo lì senza opporre resistenza. La luna era salita abbastanza da riversare la sua luce sul ponte e i suoi occhi la fissarono con una luce ardente verde e viola. Improvvisamente, lei fu molto consapevole del suo inguine appoggiato ai suoi addominali sodi.

Un lento sorriso gli sollevò gli angoli della bocca e la punta della lingua scivolò fuori per accarezzarsi il labbro superiore. Accidenti, quell'uomo era la creatura più carica di sensualità che potesse immaginare. Emise un sospiro. Lui sollevò il mento come se si stesse godendo una brezza tropicale. La sua voce le rimbombò dal petto e dritta al centro del suo essere con un'intensità sconvolgente. «Sei una femmina che confonde.»

La sua presa sulle braccia di lui tremò, come se le sue ossa volessero trasformarsi in gelatina. «Beh, tu sei un maschio intrigante. Ti prego, dimmi che non te ne andrai finché non avremo parlato.»

«A quanto pare, sono ai tuoi ordini.» Inarcò un sopracciglio.

Allentò la presa e rimase a cavalcioni sul suo torso.

Lui si mosse sotto di lei, abbassando le braccia così che i suoi palmi si posassero sui suoi fianchi, e i suoi pollici le cerchiarono le cavità sensibili su entrambi i lati dell'addome. Vortici di desiderio le sfrecciarono giù per le cosce. *Non lasciarti distrarre di nuovo dagli ormoni.* Era, nella migliore delle ipotesi, falso. Le rispondeva con enigmi ambigui su aure e altre cazzate mistiche. Indurì il cuore, lanciando un'occhiata attraverso il ponte alla ricerca del dardo da biopsia che aveva fatto cadere. Era incastrato contro una gamba della sua sedia pieghevole a diversi metri di distanza.

«La tua aura cambia colore con la stessa frequenza di una seppia.» Sembrava divertito da lei. «Dimmi cosa cerchi, adesso, Madison.»

Il suo sguardo tornò a lui, colpevole. Deglutendo, decise di dirgli la verità. «Voglio documentarti.»

«Cosa intendi?»

«Scrivere una storia su di te.» Valutò come chiedergli, con tatto, un campione della sua carne.

«Ah.» Annuì, soddisfatto. «Voi custodite i miti.»

Le pulsazioni le martellavano in gola. «Non miti. Scienza. Verità.» Dimostrare che i tritoni esistevano avrebbe significato, prima di tutto, sfatare il mito. E con la sua reputazione, il mondo scientifico avrebbe cercato ogni opportunità per smentirla. Non importava quanti dati raccogliesse, ci sarebbero stati sempre quelli che avrebbero insistito che era una bufala. Eppure, come poteva non provarci, con un esemplare proprio lì tra le sue mani? Tra le sue gambe... Scosse la testa per schiarirsi le idee. «Se mi lasciassi prendere un campione di tessuto, potrei provare a dimostrare che non sei un mito.»

Le sue mani le strinsero i fianchi. «Vuoi che gli umani tornino a darci la caccia.»

Abbassò le sue mani per coprire le sue, e l'orrore le gelò le vene. «No! Mai la caccia.»

«Non posso permetterti di raccontare la mia storia.» Più veloce di quanto lei potesse rispondere, la ribaltò e le si stese sopra, il viso a pochi centimetri dal suo. Ora era il suo turno di avere le mani imprigionate contro il ponte.

Stranamente, non aveva paura di lui. Se avesse voluto farle del male o ucciderla, avrebbe potuto farlo molto tempo prima. La sua vicinanza le accese piccoli fuochi sotto la pelle. Resistette all'impulso di avvolgergli le gambe intorno. «Cosa hai intenzione di fare?»

Un ringhio gutturale gli sfuggì dalla bocca. «Non desidero farti del male.»

«E allora aiutami» lo supplicò lei.

«Non posso darti ciò che chiedi.»

Lei fece una smorfia, arrabbiata con se stessa per le lacrime brucianti che le salivano agli occhi. «Devo tornare con dei dati da pubblicare. Non posso continuare a essere uno zimbello.»

La sua presa su di lei si ammorbidì. «Non eri qui per trovare me. Forse posso aiutarti a finire quello che hai iniziato.»

«Solo se sai dove trovare un delfino ibrido in natura.»

«Intendi K'kee'ei.» Il nome era un'imitazione perfetta del chiacchiericcio di un delfino. «Allora desideri cacciare i delfini.»

Anche se lui teneva il suo peso lontano dal suo petto, improvvisamente le fu difficile respirare. «Conosci il delfino di cui parlo? Non intendo fargli del male. Solo registrare la sua parentela.»

«Una genealogia?»

«In un certo senso, sì.»

«Non le farai del male?»

«No. Voglio solo foto e misurazioni.» La speranza si riaccese. La comunità scientifica avrebbe accettato più facilmente la documentazione di un nuovo ibrido. Forse, con l'aiuto di Rubac, avrebbe potuto catturare filmati video da affiancare ai dati concreti dei campioni di tessuto. «E un campione di pelle. Potrebbe pungere, ma non causerà un vero danno.»

Lui sembrò soppesare le sue parole per un momento. «La tua aura non mente.» Si rotolò via da lei, rimanendo vicino ma senza più impedirle di muoversi. «Se prometti di non raccontare la mia visita, alle prime luci dell'alba ti aiuterò a trovare K'kee'ei.»

Nove

Un sorriso illuminò i lineamenti di Madison, e ogni esitazione che Rubac potesse avere nell'aiutarla si dissolse. Lei allungò una mano e gliela posò sul petto, un contatto caldo e invitante proprio sopra il suo cuore. La sua voce era roca per l'eccitazione quando disse: «Davvero? Grazie.»

Il suo tocco gli incendiò il sangue, accendendo istinti che non aveva alcun diritto di provare. Temeva ancora di intaccare la sua aura, di sottrarle lo spirito. Ma lei emise un gemito ansimante, e il suo sguardo gli scivolò dalle labbra verso il basso... Il desiderio per lei esplose in bisogno. I suoi impulsi non potevano essere negati, non quando il suo petto formicolava al contatto della mano di lei e la brama di sentirla avvinghiata a sé lo consumava.

Le passò le dita dietro al collo e le dischiuse la bocca, esplorandola con la lingua. L'altra sua mano le trovò il seno, con la ruvida maglietta di cotone contro il palmo. Sollevò la stoffa per raggiungere la sua pelle nuda. Voleva di più. Fece scivolare la mano attorno alle sue costole e sulla parte bassa della schiena, per poi infilarla dietro i pantaloni e stringerle una natica. Lei gemette contro la sua bocca.

Nel profondo della sua anima, si tormentava temendo di commettere un errore — di rubarle qualcosa, di prendere più di quanto potesse dare. La spinse all'indietro contro il ponte, distendendosi su di lei e sostenendole la testa mentre cadeva sulla dura superficie. Lei gli avvolse le braccia al collo e gli serrò le gambe ai fianchi, permettendo al suo cazzo di posarsi contro la cavità del suo calore. Quel gesto lo rassicurò che lei non percepiva alcuno svuotamento. Lo desiderava tanto quanto lui desiderava lei.

Lui interruppe il bacio e le sfiorò la mascella con le labbra fino a raggiungere l'orecchio. Afferrandole il tenero lobo tra i denti, lo mordicchiò con delicatezza. Un brivido le percorse il corpo. Lui emise un profondo mormorio, toccando la sua aura con la vibrazione della sua voce, e un altro brivido la scosse. Spostò la mano sul suo sesso coperto dalla stoffa, assaporando l'umidità che la impregnava.

Il suo cazzo ebbe uno scatto, geloso delle sue dita. Voleva perdersi in lei. Ma doveva rallentare, assicurarsi di dare tanto quanto prendeva, se non di più. Era quella la chiave di quell'unione. Trasformare l'atto d'amore in uno scambio sublime d'energia, un flusso infinito di piacere che scorresse tra loro.

Fece di nuovo scivolare la mano sotto la cintura dei pantaloni, stavolta sul davanti, e scostò le mutandine sottili che le coprivano le piccole labbra. Era calda e pronta, sollevando i fianchi verso di lui con un bisogno urgente. Le circondò l'apertura. Il calore e il tepore che sentì lì lo fecero ringhiare d'anticipazione. Le infilò due dita nel corpo e lei sussultò.

Le mani di lei si mossero frenetiche per slacciare la chiusura, per spingere via i vestiti che la costringevano. Lui si ritrasse e si girò di lato per guardarla armeggiare con la stoffa, con un divertimento che si mescolava al suo desiderio.

Lei si voltò di nuovo verso di lui, le gambe magnificamente nude ora libere, il morbido monte del suo sesso esposto al suo sguardo famelico. Gli occhi di lei scesero dove il suo cazzo attendeva, libero dalla guaina, ardente per il suo tocco. Ma prima doveva occuparsi del piacere di lei. Per assicurarsi che ne uscisse piena e sazia. «Non ancora. Voglio vederti venire» disse lui.

Lo sguardo di lei guizzò verso il suo, con una protesta sulle labbra. Lui si slanciò in avanti e gliele prese prima che potesse parlare. La sua mano trovò di nuovo l'apertura di lei, cercando le sue umide profondità. Arricciò le dita e le accarezzò il centro, godendo del modo in cui il suo corpo sussultava e si stringeva attorno a lui in una succosa risposta. Aggiunse un terzo dito, muovendolo dentro di lei, accarezzandola finché la sua eccitazione gli inzuppò la mano. I suoi respiri si fecero più rapidi. A ogni inspirazione i suoi seni si sollevavano, spingendo i capezzoli eretti contro la maglietta sottile. Dentro e fuori, faceva scivolare le dita, regolando la velocità e l'angolazione delle spinte per portarla al limite.

Ogni volta che il suo sesso tremava e il suo respiro si spezzava, lui cambiava la profondità, ritardando il suo rilascio. La voleva al massimo del suo potenziale quando fosse venuta. La sua aura scintillava e si infiammava in esplosioni di sole cremisi mentre la sua eccitazione raggiungeva l'apice, arrivando a un livello di calore quasi accecante.

«Rubac, ti prego» disse, dondolandosi contro la sua mano.

Eppure, lui voleva spingerla ancora più in alto. Sostituì le dita con la lingua. Aveva un sapore dolce e terreno; le sue pieghe si scioglievano nei suoi ricchi umori. Le fece scivolare entrambe le mani sotto il sedere e la baciò profondamente, esplorandola completamente. I suoi riccioli corti e luccicanti gli solleticavano il naso e lo circondavano con il suo delizioso profumo. Si concentrò sul suo piacere, osservando le pulsazioni della sua aura sulla pelle.

«Di' che sei mia», mormorò contro il suo sesso, e scosse la testa per aumentare il ritmo della sua stimolazione.

«Sì, qualsiasi cosa. Sì!» lei si inarcò e si tese, e lui serrò le mani sotto le sue natiche per aiutarla a impalarsi sulla sua lingua.

Mormorò ancora, lasciando che il suono gli risalisse la gola, godendosi il modo in cui lei reagiva con un brivido. Era perfetta. Così perfetta. Lasciò che la vibrazione della sua voce si insinuasse nelle sue labbra sensibili e la portasse più in alto.

«Oh, lì, ti prego, lì.»

Lui le guizzò la lingua dentro, sentendo il leggero cambiamento nei muscoli del suo centro. Era vicina. Pronta a superare il limite. Voleva unirsi a lei. Ritirò la lingua e scivolò in alto, portandoli faccia a faccia, mentre la guardava negli occhi. I suoi meravigliosi occhi castani si stavano sciogliendo.

Lei gli gettò di nuovo le gambe intorno, spingendo i fianchi verso l'alto per incontrare la sua spinta. Lui la penetrò, racchiudendosi fino in fondo nel suo calore. Il respiro di lei sfuggì in un sospiro tremante. Sempre guardandola negli occhi, si ritrasse per poi penetrarla di nuovo, lentamente, con intenzione. Profondamente. Dentro e fuori, fianco contro fianco, la penetrò con forza, spingendo con ritmo costante nel suo centro che si stava contraendo.

La sua aura esplose in un bianco incandescente con le prime onde dell'orgasmo. Il suo cazzo parve rispondere gonfiandosi ancora di più, diventando più duro, in contrasto con le pulsazioni del suo centro. Spingeva dentro di lei ancora e ancora, guardandola inarcare la testa all'indietro e arrendersi all'estasi. Il suo stesso rilascio incontrò quello di lei in un'esplosione di piacere quasi sorprendente che lo lasciò stordito. Le pompò il seme in profondità, ogni muscolo che tremava, finché non riuscì più a sorreggersi e le crollò addosso.

Lei sospirò, il suo fiato gli solleticava la barba e i capelli sopra l'orecchio. Con mani deboli gli accarezzò le braccia e giù lungo le costole, inviandogli brividi di appagamento sulla pelle. Lui aprì gli occhi, respirando contro il suo collo. La sua pelle era madida di sudore, e lui la baciò, assaporando il suo sale. La sua aura splendeva di una sana tonalità dorata, il cremisi che si attenuava in un rosa persistente.

Sollevò la testa, guardandola negli occhi. Lei gli sorrise di rimando, stringendogli le braccia intorno alla vita. In quell'unico istante, il suo mondo si contrasse e lui capì di essere veramente libero. Libero di fare qualsiasi cosa e di andare ovunque. Di fare le proprie scelte. Di essere padrone di sé stesso. E nonostante tutto, voleva solo una cosa. «Scelgo te», mormorò, abbassando la testa per baciarla.

Nei due mesi trascorsi da quando aveva incontrato Rubac, Madison aveva perso il suo appartamento, si era licenziata e aveva rinunciato alla scoperta scientifica del secolo. E non era mai stata più felice. Con l'aiuto di Rubac, aveva girato un documentario di grande successo su K'Kee'ei e sulla società dei delfini. Aveva comprato una barca e ora viveva una vita nomade sull'oceano. E aveva un compagno che amava l'oceano ancora più di lei. Non riusciva a immaginare una vita migliore.

Puntò il binocolo verso l'ultimo punto in cui aveva visto Rubac immergersi, mordendosi un'unghia. Quel giorno erano a caccia di squali... be', lo era Rubac. Le aveva assicurato di sapersela cavare da solo, ma era tornato con lividi e lacerazioni più di qualche volta durante le sue sessioni di ripresa. Riusciva ad avvicinarsi alle creature del mare come nessun subacqueo umano avrebbe mai potuto, e lei aveva già venduto i diritti per un secondo film.

La sua carriera di regista di documentari marini aveva più che superato lo stigma del suo articolo universitario, ma le opinioni della comunità scientifica erano l'ultima cosa di cui le importava ormai. Non aveva mai pensato che la sua più grande scoperta sarebbe stata quest'uomo: un essere così speciale che non avrebbe mai e poi mai condiviso con il resto del mondo. Ora passava le sue giornate in mare a filmare o a fare l'amore, a volte sul ponte e a volte in acqua.

Una testa scura emerse dall'acqua a un centinaio di iarde di distanza, e Rubac balzò fuori dalla superficie come un delfino mentre si rituffava verso la barca.

«Ehi, vacci piano con l'attrezzatura!» gridò lei, facendo una smorfia ogni volta che lui colpiva l'acqua. Impermeabile non significava infrangibile, e se l'avesse danneggiata, lei avrebbe dovuto passare del tempo a terra per ripararla.

Raggiunse la fiancata e le tese la videocamera perché la prendesse, prima di catapultarsi sul ponte. «Oggi mi hanno dato del filo da torcere.»

Lei mise da parte la videocamera e ispezionò la sua corporatura muscolosa in cerca di tagli o lividi. «Non mi piace che tu corra dei rischi.»

Le afferrò la mano e le premette il palmo sulle labbra. «Correre rischi è l'unico modo per essere liberi.»

Lei si chinò verso di lui, accarezzandogli la guancia barbuta. I capezzoli le si tesero per la sua vicinanza, e sollevò un ginocchio sopra di lui per mettersi a cavalcioni della sua coda. Le aveva detto che a suo fratello erano magicamente spuntate le gambe dopo essersi legato a un'umana, ma a Rubac non sarebbe mai successo. Le gambe erano possibili solo con la magia di un legame d'accoppiamento, e la compagna legata di Rubac era morta. Ma a Madison non importava. Il loro amore era reale. Lui aveva scelto lei, non era stato costretto dalla magia.

Inoltre, con la coda o con le gambe, non aveva mai avuto un uomo capace di darle piacere come Rubac.

Lui sogghignò e la fece rotolare sulla schiena, aprendo le pieghe del suo sarong bagnato. Il suo sguardo le accarezzò il ventre scoperto e si posò all'apice delle sue cosce. Lei aprì le gambe per mostrargli di più, e gli occhi di lui si scurirono. Le fece scorrere le mani lungo i fianchi, coprendola con il suo corpo. Le mani gli scivolarono sotto le natiche e, con un'unica, rapida spinta, affondò nelle sue pieghe accoglienti.

Quell'improvvisa pienezza la fece sussultare e inarcare la schiena, mentre le sue pareti interne pulsavano deliziosamente intorno al suo cazzo. Lei gli strinse le gambe intorno ai fianchi, attirandolo più a fondo.

Rubac chiuse gli occhi e scoprì i denti in un piacere squisitamente contenuto. «Cosa mi fai, umana.»

Vibrò, scivolando contro il suo clitoride e facendole vacillare la vista. Sollevando la testa, lei catturò la sua bocca in un bacio. Lui lo ricambiò, spingendo la lingua dentro di lei con un ritmo che si accordava alle sue spinte lente e ondulatorie.

Lei gemette, tendendosi contro di lui sull'orlo dell'orgasmo. Riusciva sempre a condurla lì così in fretta e sapeva suonare il suo corpo con maestria. Continuò a baciarla e a pompare, dentro e fuori, intensificando l'attrito finché la pressione dentro Madison crebbe a livelli impossibili.

Il suo orgasmo scoccò come un fulmine e le rotolò dentro come un tuono, spazzando via tutto tranne il qui e ora. Lui continuò a spingere dentro di lei, i muscoli che si flettevano e si contraevano mentre lei veniva intorno a lui. Un fiotto di calore la riempì quando lui trovò il suo appagamento, inviando un'altra scossa di piacere al suo centro che la lasciò tremante.

Si fermò, respirando affannosamente mentre si reggeva sui gomiti, naso a naso con lei. Lei aprì gli occhi — non si era nemmeno accorta di averli chiusi — e trovò i suoi, verde smeraldo, che le scrutavano l'anima.

«Ti amerò per sempre, Madison.»

Lei sorrise, appagata. «Anch'io ti amerò per sempre, Rubac.»

❧❧❧

La barca proiettava un'ombra lunga e scura sulla superficie dell'acqua al chiaro di luna. Rubac galleggiava accanto alla falchetta, fissando suo fratello in piedi sul ponte. *Le gambe*. Quella vista lasciava ancora Rubac a bocca aperta.

La risata di una bambina gorgogliò dall'interno della cabina della barca, seguita da una dolce risata femminile. Brianna e Madison stavano passando quello che chiamavano "momento tra ragazze", tubando sulla figlia di Zantu. Una figlia *femmina*. Inaudito tra la prole dei tritoni, che rimaneva senza sesso fino alla pubertà.

Rubac era ancora un po' sotto shock per la riunione inaspettata. Madison aveva rintracciato Brianna e Zantu durante il suo più recente viaggio a terra ed era tornata con degli ospiti a sorpresa. Aveva dimostrato più e più volte che le femmine umane non erano come le sirene. Anche in quel momento, le donne ridevano con un facile cameratismo in completa opposizione alla feroce gerarchia che si formava nelle congreghe di sirene.

Zantu si sfilò i pantaloncini e li gettò su una delle sedute imbottite accanto alla falchetta. «Ebby è venuta a trovarmi.» La sua voce profonda suonava diversa nell'aria, più roca e meno cantilenante di come suonava sotto le onde. «Da prima che scegliesse il suo genere.»

«Abissi! E non hai pensato di dirmi che mia figlia sgusciava fuori senza protezione?» Rubac appoggiò un palmo piatto contro lo scafo per evitare che un'onda lo spingesse contro di esso.

Zantu gli lanciò un'occhiata, gli occhi d'argento che brillavano al chiaro di luna. «Non sei stato esattamente disponibile per una chiacchierata da quando ho preso una compagna.»

Un'ondata di rammarico travolse Rubac. Sebbene avesse spiato suo fratello dal momento dell'accoppiamento, non si era mai avvicinato alla riva, incerto se le femmine umane fossero benigne come sosteneva Zantu. Ora che era stato con Madison, doveva riconoscere che Zantu aveva avuto ragione. Madison era leale, gentile e gli dava cose di cui non si era nemmeno reso conto di aver bisogno. Immaginava che Brianna fosse lo stesso per Zantu.

La risata della bambina esplose dalla cabina e dei piedini si mossero rapidi sul ponte. Zantu afferrò la piccola figura prima che raggiungesse la falchetta. «Camilla, dovresti dormire.»

«'Uotare!» Camilla tese una mano paffuta verso l'acqua dove galleggiava Rubac.

«È troppo tardi per una nuotata. Potrai farla domani.» Sebbene Zantu potesse passare dalla forma terrestre a quella marina con apparente facilità, diceva che la bambina non aveva ancora mostrato alcuna capacità di formare una coda.

Camilla si lamentò e nascose il viso contro la spalla di Zantu.

Madison si precipitò fuori dalla cabina. «Scusa, è più veloce di quanto mi aspettassi.»

Brianna la seguì subito dopo. Allungò le mani verso la bambina. «Ci penso io.»

Le sirene avevano poco istinto materno e di solito abbandonavano i loro piccoli al padre pochi giorni dopo il parto, ma Brianna confortava la bambina con graziosa facilità. Lo sguardo di Rubac si spostò su Madison e si chiese se lei si sarebbe presa cura di un bambino in quel modo. L'avrebbe mai scoperto?

Madison distolse lo sguardo, a disagio per la nudità di Zantu, e si spostò verso la falchetta per rivolgere lo sguardo a Rubac. «Pensavo che ve ne foste già andati, a giocare con le focene o qualunque cosa abbiate intenzione di fare.»

Era ancora strano avere una femmina che non mostrava interesse per nessun uomo tranne lui. Ma la cosa gli piaceva. Disse: «Stavamo parlando di Ebby.»

La testa assonnata di Camilla scattò in su e si guardò intorno. «Ebby?»

«Non è qui, piccola», le accarezzò i capelli Zantu finché lei non si sistemò di nuovo contro la spalla della madre.

Le sopracciglia di Madison si aggrottarono. «Ebby? Intendi tua figlia?»

Figlia. La parola gli suonava strana, dato che i figli dei tritoni erano senza sesso fino alla pubertà, ma suppose che Ebby lo fosse. «Sembra che abbia pedinato il nido di mio fratello.»

Brianna scosse la testa. «Non lo definirei pedinamento. È molto educata.»

«L'hai cresciuta bene, fratello», aggiunse Zantu.

Madison fulminò Rubac con uno sguardo incredulo. «Hai detto che Ebby si era trasformata in un mostro. Come può essere che vada a trovare Zantu?»

«Le sirene *sono* mostri», replicò Rubac, e guardò male suo fratello. «Stai essendo incauto. Dovresti spostare il tuo nido.»

Zantu scrollò le spalle. «Dopo le mie discussioni con Ebby, non credo che tutte le sirene debbano per forza trasformarsi in mostri. Ebby ha mostrato una notevole moderazione.»

Madison si sfilò la maglietta che indossava sopra il costume e scivolò in acqua, spingendosi verso di lui. «È possibile che ti sbagli? Sicuramente non farebbe del male a suo padre o allo zio che ha aiutato a crescerla.»

«Tu non capisci», disse Rubac, cingendole la vita con un braccio e attirandola a sé, sostenendola nell'acqua accanto a lui. «Ebby non è umana. O una bambina. È una sirena. Non possono resistere alla loro natura femminile malvagia, nemmeno di fronte ai loro stessi padri o zii.»

Il petto gli si strinse mentre ricordava tutti gli anni in cui aveva trovato gioia nell'essere il padre di Ebby. La creatura era stata il suo unico conforto ogni volta che la sua compagna lo abbandonava per cercare altri uomini. Ebby era stata forte nella sua debolezza. Non avrebbe dovuto sorprenderlo che avesse scelto di essere femmina.

Madison gli passò le braccia intorno al collo. «Indipendentemente dal genere che ha scelto, è pur sempre la creatura che hai cresciuto. Sono sicura che ti vuole bene.»

Nonostante fosse convinto che Ebby fosse perduta per lui, sentì un barlume di speranza — Madison aveva quell'effetto su di lui. Le sorrise, sfiorandole le labbra con le sue. «Forse. Ma è impossibile conoscere il cuore di una sirena.»

«Va bene, fratello.» Zantu si lasciò cadere con grazia in acqua, le gambe umane che luccicavano e si fondevano in una coda d'argento splendente. «È meglio che andiamo in esplorazione prima che il sole svegli gli squali. Di incontri con quelli ne ho avuti abbastanza da bastarmi per una vita intera.»

Madison gli baciò una guancia e nuotò verso la barca. «Divertitevi. Torna presto da me.»

«Sempre», rispose Rubac, pensando ancora a Ebby. Se lui aveva potuto rompere la sua maledizione e trovare l'amore con una seconda compagna, era possibile che anche Ebby potesse superare l'inevitabile?

Scosse la testa, non ancora pronto a pensare a tali cose. C'era Zantu, e voleva godersi quel tempo con suo fratello finché poteva. Dandosi una spinta con la coda, seguì la scia di bolle che Zantu aveva lasciato sulla sua strada verso la foresta di kelp.

Caro lettore,

Grazie per aver letto la storia di Rubac! Altre emozionanti storie d'amore sottomarine ti aspettano nel prossimo libro, **Un cuore di sirena**, con protagonista Ebby, la figlia di Rubac.

Una sirena appena trasformata vuole proteggere un umano dalle sue sorelle sirene mortali... ma la passione che li unisce potrebbe condannarli entrambi.

Clicca sulla copertina per acquistare la tua copia o continua a leggere per un estratto!

XOXO

Tamsin

P. S. Se ti sei perso il primo libro di questo mondo sottomarino, **Baciata dal tritone**, clicca qui per ottenerlo subito!

Cruz osservò il suo amico, Jake, far scorrere un dito lungo il braccio nudo di una bionda troppo abbronzata e dire qualcosa che la fece ridacchiare. Il ponte della barca per feste era carico di bersagli alticci e, a quanto pareva, Jake era determinato a scoparseli tutti. Quella vacanza sarebbe dovuta essere una spedizione subacquea e Jake gli aveva detto che quel giorno avrebbero fatto snorkeling, ma fino a quel momento nessuno aveva ancora immerso nemmeno un dito del piede.

Cruz incrociò lo sguardo dell'amico e gli disse a gesti: «Sei pronto a fare un tuffo?»

Jake gli rivolse un sorriso malizioso che era un chiaro no e si lanciò in una delle sue tipiche barzellette.

Sospirando, Cruz guardò l'acqua scintillante, immaginando il suono delle onde contro lo scafo e il verso dei gabbiani in lontananza. Sordo dall'età di sette anni, ricordava appena i suoni dei programmi televisivi che aveva visto. Aveva anche imparato che la sua voce tendeva a risultare tutt'altro che affascinante e, di regola, rimaneva in silenzio.

Il profumo di olio di cocco lo raggiunse e lui riportò l'attenzione sulla conversazione, ridendo un po' in ritardo, e forse troppo forte, alla battuta finale di Jake.

Una rossa aggrottò le sopracciglia, le sue labbra macchiate di sangria articolarono le parole: «Cosa gli prende?»

Sapendo che Jake stava per giocarsi la carta del sordo — le ragazze andavano matte per un tipo con un amico sordo quasi quanto per uno con un cucciolo — Cruz si sforzò di abbozzare un sorriso bonario e disse a gesti: «Vado a pescare aragoste.»

Jake sollevò il mento nella direzione di Cruz in segno di assenso e continuò a parlare con la bionda.

Cruz si diresse a poppa e afferrò una maschera da sub. Si tuffò nell'acqua beatamente fresca, si diede la spinta con i piedi verso una sporgenza rocciosa nella barriera corallina. Aveva sempre amato immergersi; sott'acqua la sordità non era un problema. Normalmente preferiva l'attrezzatura completa da sub, anche se se la cavava altrettanto bene in apnea. Aveva un occhio di lince nello scovare le aragoste spinose sul fondo sabbioso e un'estate si era pagato l'affitto vendendole a un mercato locale.

In pochi istanti, individuò un crostaceo blu-verde. Si mise di taglio per afferrarlo per il carapace e stava per risalire in superficie quando vide una delle ragazze della festa che lo spiava da dietro un ventaglio di mare verde e merlato. Almeno una persona aveva seguito il suo esempio ed era venuta a farsi una nuotata. I suoi lunghi capelli scuri le fluttuavano attorno al viso e il rossetto rosso acceso brillava vivido anche sott'acqua.

Ah. Non avrebbe mai pensato che qualcuna di quelle donne della barca volesse davvero bagnarsi, almeno non con l'acqua. Il petto cominciava a dolergli per il bisogno di respirare, ma sollevò l'aragosta in segno di saluto e fece un gesto come per mangiare. «Cena?»

La donna aprì la bocca come per parlare, facendogli cenno di avvicinarsi con una mano.

È interessata? E le piaceva anche nuotare. Forse questa barca da festa era stata una buona idea, dopotutto.

Sorridente, Cruz indicò la superficie e si spinse verso l'alto con i piedi, tenendo gli occhi sulla donna.

Un lampo indistinto di pelle chiara, capelli neri e... gambe rosse... sfrecciò verso di lui.

Sorpreso, smise di pinneggiare. Una donna dai fluenti capelli viola gli apparve alle spalle, così vicina che i suoi seni nudi gli sfiorarono il braccio. Gli tirò il viso verso il suo, bloccandogli le labbra in un bacio. *Questo è un po' troppo veloce, anche per una crociera di ubriachi.* I suoi capelli lo avvolsero in una nebbia viola, ostruendogli la vista. L'aragosta gli scivolò dalle dita. Le afferrò le mani, cercando di staccargliele dalle guance, ma, dannazione, quella donna aveva una presa ferrea. I polmoni gli bruciavano per la mancanza di ossigeno.

La donna non solo continuò a forzargli la lingua tra le labbra, ma ora gli si premeva contro con i seni e i fianchi, come se fosse pronta a fare sesso lì per lì.

Ma che cazzo? Incapace di liberarsi, nuotò con tutte le sue forze verso la superficie, trascinandola con sé.

Un secondo corpo, decisamente femminile, gli si premette contro la schiena. La maschera da sub gli fu strappata dalla testa, mentre due paia di mani gli scivolavano avide sulla pelle.

Lottò contro di loro, con bolle che gli fuoriuscivano dalla bocca e dal naso. *Come fanno a trattenere il respiro così a lungo?*

Una mano lo aggirò e si infilò nei suoi pantaloncini, afferrandogli il cazzo.

L'aria gli uscì dai polmoni in un unico, grande fiotto. *Porca puttana!*

Resistette all'impulso di fare quella fatidica prima inspirazione d'acqua. Non poteva essere reale, venire sbranato a morte da bellissime donne sott'acqua. La testa cominciò a intontirsi per il bisogno di respirare. Chiuse gli occhi; sentiva che doveva essere un brutto sogno.

Un sogno. Doveva star sognando. Non c'era altra spiegazione, a meno che non fosse già morto...

Inalò una boccata d'acqua.

E poi un'altra.

Aprì gli occhi sulle guance lentigginose della donna dai capelli viola che lo stava ancora avvolgendo in un bacio. Si strofinò il corpo sinuoso contro di lui, i capezzoli che stuzzicavano la peluria sottile sul suo petto.

Se questo è un sogno, tanto vale stare al gioco.

Afferrandole i fianchi, notò la mancanza del pezzo di sotto del bikini. Era il sogno più vivido che avesse mai fatto in vita sua. Giurò che poteva persino sentire l'odore di sesso emanare dalla sua pelle, riempiendo l'acqua. Le avvolse entrambe le mani attorno alla vita, premendo la sua erezione con forza contro le sue carni.

Lei si dimenò con evidente piacere e interruppe il bacio per mordicchiargli la mascella. Mentre si faceva strada lungo la sua gola e il suo petto, la donna alle sue spalle gli scivolò sopra la testa per riprendere il bacio da una posizione capovolta. Prima che la sua aureola di capelli gli bloccasse di nuovo la visuale, immaginò di vedere un'enorme pinna caudale viola dispiegarsi di fronte a sé...

I suoi pantaloncini da bagno furono tirati giù lungo i fianchi.

Per quanto amasse l'oceano, non aveva mai fatto un sogno erotico a riguardo prima d'ora. *È fantastico.* Tutto il suo sangue ribolliva di desiderio.

Una lingua decisa gli accarezzò la punta del cazzo. I suoi fianchi scattarono involontariamente e un gemito gli salì dal profondo del petto. Non sapeva dove mettere le mani: sulla donna al suo inguine o su quella che gli stava infilando la lingua in bocca. Optò per una mano ciascuna, intrecciando le dita nei loro capelli e ricambiando il bacio con abili colpi di lingua. Subito sopra la sua testa dondolavano i seni della sua partner di bacio, sormontati da capezzoli rossi come ciliegie al maraschino.

Ciliegine sulla torta, pensò, rendendosi conto di sentirsi un po' brillo. *Perché no?* Era il suo sogno. Poteva fare tutto ciò che desiderava. Allungò la mano per portarne una a portata di bocca, quando un terzo paio di mani gli spazzò via i seni. Dita delicate e una pelle dorata, così scura da essere più vicina al marrone che all'oro, pizzicarono i capezzoli, facendoli indurire in cime aguzze.

Staccando il viso dal bacio, cercò di osservare meglio le sue partner, ma dita dalle unghie lunghe lo riportarono bruscamente al suo posto. In un angolo della sua mente, si interrogò sulla veemenza di quella fantasia. Non gli dispiaceva una donna con appetito, ma in genere gli piaceva condurre un po' il gioco. In quel momento si sentiva niente più che un giocattolo.

Tre paia di mani e tre bocche gli accarezzavano la pelle, le labbra, l'inguine. Non riusciva a ricambiare le loro carezze abbastanza in fretta, seni scivolosi e capezzoli duri sotto i suoi palmi, un collo sottile, capelli setosi che gli scivolavano tra le dita. Eppure, ogni volta che cercava di raggiungere quel punto dolce tra le loro gambe, si sottraevano.

Poi una di loro gli afferrò i fianchi, premendo il proprio bacino contro di lui. Il calore familiare del suo corpo che lo avvolgeva lo fece quasi venire. *Santa madre di Dio, niente preservativo.* Meno male che era un sogno. Si spinse contro di lui furiosamente. Lui allungò la mano e le afferrò il culo, solo per vedersela strappare via senza preavviso.

Capelli scuri gli riempirono la vista. Denti appuntiti brillarono tra labbra cremisi. Batté le palpebre, rendendosi conto che la donna dalla pelle scura con brillanti capelli dorati sembrava anche avere una coda dorata e luminosa al posto delle gambe. *Che cazzo?* Sapeva che il *mermaiding* era una moda, con tanto di code posticce, ma queste donne erano così dannatamente reali.

Tentò di indietreggiare, spingendo contro le spalle pallide della donna dalle labbra cremisi. Un piccolo ciondolo bianco che sembrava un osso della fortuna di un tacchino le pendeva da un cordino tra i seni nudi. Sotto l'ombelico, la sua carne si accese fino ad assumere il colore della sua bocca: si infiammò e si fuse in pinne e in una coda.

La coda di un pesce.

La consapevolezza esplose dentro di lui come una boccata d'aria dopo una lunga immersione. Spintonò più forte, liberando maggiormente la sua visuale. Le rocce e la barriera corallina non erano più in vista, né lo era l'ombra della barca per feste in superficie. Erano stati trascinati in una torreggiante foresta di kelp, la luce del sole filtrata ora nebbiosa e verde. Nonostante il suo interesse calante, le sue partner non avevano perso nulla del loro ardore e continuavano a graffiare, spingere e palpare, sembrando sempre più frustrate dalla sua disattenzione.

Meccanicamente, ricambiò le loro carezze. Diede loro ciò che volevano. Se non l'avesse fatto, non aveva idea di cosa sarebbe potuto succedere. Questo non era un sogno e quelle non erano donne comuni.

Era sott'acqua.

Stava respirando.

Ed era circondato da sirene.

Acquista subito la tua copia di "Un cuore di sirena"!

L'autrice

C'era una volta, pensavo di voler diventare un'ingegnera biomedica, ma fare esperimenti sui topi di laboratorio non porta sempre a un lieto fine. Ora fondo la mia infatuazione da nerd per la scienza con romance incentrati sui personaggi e lieti fini garantiti. I miei mostri trovano sempre la loro compagna, tra eroine grintose, eroi tormentati e tutti i guai piccanti che riescono a gestire. Ti prometto che le mie storie non ti lasceranno mai in sospeso (anche se potresti desiderarne ancora!).

Quando non scrivo, mi troverai in giardino o in cucina, a esplorare l'Alaska con mio marito o a prepararmi per l'apocalisse zombi. Mi piace anche lavorare all'uncinetto mentre faccio binge watching su Netflix, giocare ai videogiochi e godermi il tempo in famiglia durante la nostra sessione settimanale di D&D.

Vuoi saperne di più su di me? Entra nel mio VIP Club e ricevi libri gratuiti, aggiornamenti e altro materiale fantastico!

>>> news.tamsinley.com/ERHXVo